La dama del avión

Miguel Ángel Itriago Machado

La dama del avión

Miguel Ángel Itriago Machado

mitriago@gmail.com

ISBN-13: 978-1530040728
ISBN-10: 1530040728

Portada: adaptación de la fotografía de
©Vadymvdrobot / Dreamstime.com
Redhead woman using smartphone

La dama del avión

I

Luego de una agotadora estadía en el exterior, el señor Allan Rushmore regresaba muy alegre y satisfecho a su país, cómodamente sentado en una de las grandes butacas de la clase ejecutiva del vuelo 1210.

Rushmore era un hombre de unos sesenta años, de mediana estatura, cabellos grises, ojos negros, nacido en Boston y casado con una latinoamericana. Era un diplomático de carrera, que se desempeñaba como adjunto del Secretario General de las Naciones Unidas. Había dedicado toda su vida a la promoción y defensa de los derechos humanos y gozaba de un inmenso prestigio internacional.

Tenía oficinas principales en el edificio sede de las Naciones Unidas, en Nueva York, pero en los últimos dos años había permanecido la mayor parte de su tiempo en Ginebra, sitio neutral elegido por las partes para la discusión de un tratado multinacional que tenía por objeto sentar las bases para una paz permanente y estable en el Medio Oriente.

Aunque estaba considerado como uno de los negociadores más hábiles y sagaces del mundo, Rushmore era un hombre sencillo, amable, de trato abierto, paternal, amante de su familia y poco amigo de protagonismos, pero la vida lo había llevado a ser en ese momento el hombre más famoso del planeta.

Después de interminables y agotadoras sesiones, gracias a él se había celebrado ese tratado. La intensa actividad que había desplegado en esos dos años había mermado su salud, por lo que el diplomático, siguiendo el consejo de sus médicos, había decidido tomarse un merecido descanso con su familia, en la ciudad natal de su esposa, donde también vivía su hija Rose.

Según los otros delegados, su indiscutible autoridad moral y su carismática personalidad habrían sido los factores determinantes del éxito obtenido en esas reuniones. En los medios audiovisuales se denominaba al convenio "el tratado Rushmore" y se le mencionaba como la persona que muy pronto asumiría el cargo de Secretario General de las Naciones Unidas. Además, varias prestigiosas organizaciones lo postularon para el Premio Nobel de la Paz y fue elegido como personaje del año por una conocida revista.

II

Una bella joven se sentó a su lado en el gigantesco Airbus. Llegó retrasada al avión, cuando ya estaban cerrando la puerta... *Si Helen estuviera aquí, la habría catalogado como una modelo. Es una bellísima pelirroja, con brillantes ojos azules, que combinan con el color de su corto vestido, pero yo no creo que sea modelo, sino una estudiante universitaria.* Pensó el diplomático.

Cortésmente la ayudó a subir su rosado maletín al portaequipajes y ella le dio las gracias en inglés, con una cautivadora sonrisa.

—*¿Es usted el señor que apareció ayer en la televisión con un traje gris?* Por primera vez en tantas entrevistas, el embajador no fue capaz de responder coherentemente a alguien. Además, no sabía si la muchacha se refería a él o a otra persona que hubiese aparecido en los medios. En Ginebra solo había tenido la oportunidad de tratar con presidentes, ministros, embajadores y otras personas maduras e importantes. Apenas pudo asentir con una torpe sonrisa. Había olvidado cómo entablar conversación con una chica común y corriente, sin interés alguno en los grandes problemas mundiales. La extraordinaria belleza de la joven lo hizo sentirse tan cohibido como un adolescente en su primera cita.

La joven sacó una perfumada servilleta de papel de su bolso y se la pasó con mucha delicadeza por el rostro, cuidando de no remover su maquillaje. Se levantó para buscar su teléfono en el maletín y, cuando lo hizo, su corto vestido azul prácticamente sirvió de paraguas al embajador. Rushmore volvió a recordar a Helen y no pudo evitar una sonrisa cuando pensó lo que ella habría opinado de haberlo observado en ese momento: *No es una mujer vulgar, Allan, se nota que es elegante, debe ser una universitaria o más probablemente una estudiante de algún centro tecnológico. No tiene más de dieciocho años. Se viste muy a la moda, pero de manera muy audaz. Es hija de alguien de buena posición, porque exhibe una ropa interior muy fina y costosa. ¡No te hagas ilusiones, viejo verde! No busca tener nada especial contigo, simplemente así son todas las jóvenes de esta época. Deja de verla de esa manera, estás haciendo el ridículo. Un embajador no puede exponerse a aparecer en las fotos con esa mirada de buitre.*

Buscando un tema de conversación, él le preguntó el motivo de su viaje y ella, le respondió en inglés con voz melodiosa:

—*Estuve una semana en Suiza comprando mi traje de bodas. Mañana me caso. Estoy muy enamorada y feliz.*

—*Ojalá que seas tan feliz en tu matrimonio como yo lo he sido en el mío, muchacha. Tuve la suerte de que Dios me diera una magnífica esposa. Tenemos una hija, Rose, que pronto dará a luz.*

La joven rápidamente le tomó confianza y comenzó a hablarle sobre un mundo del cual apenas el diplomático había tenido noticias. Encendió su teléfono inteligente y se transformó: comenzó a hablarle en español con fluidez y tan rápido que apenas tomaba aire para brincar de un tema a otro, aunque todos estaban relacionados con las aplicaciones de su teléfono. *¿Tanta información puede almacenar ese teléfono?* Se preguntaba el asombrado diplomático.

Para ilustrar mejor su conversación, o más bien su monólogo, la dama incesantemente recurría a la pantalla de su teléfono celular, pero Rushmore solo alcanzaba a ver cómo fugazmente aparecían y desaparecían caracteres, héroes, villanos y toda clase de monstruos digitales ("no todos son malos", le aclaró la joven), porque la estudiante movía constantemente su teléfono.

Cada vez más emocionada, sin parar de hablar, viendo fijamente la pantalla de su aparato y moviendo con vertiginosa velocidad sus blancos y bien cuidados dedos sobre el teclado virtual, pasaba de una a otra imagen o a otro juego o a una nueva aplicación.

Le hacía preguntas sobre videojuegos que ella misma se respondía.

—*¿Recuerdas las sagas de 'Resident Evil', 'Mortal Kombat' o 'Metal Gear'? No funcionan en tu teléfono, a menos que tengas un emulador. ¿Has jugado 'God of War'? ¿Y los clásicos como*

'*Crash Bandicoot*'? *A mí me encantan, aunque hay otras nuevas series, mucho mejores, como '*Xenoblade*'. Uno tiene que estar pendiente de adquirir siempre los videojuegos más modernos y recientes, pero sin descartar automáticamente sus entregas pasadas u otros juegos anteriores. Así no solo entenderás bien las historias de esos juegos, sino que además apreciarás la evolución de ellos.*

Para Rushmore era como si le estuvieran hablando chino, pero por nada del mundo quería que la jovencita se diera cuenta de que no estaba en capacidad de seguirla.

Además, toda esa exposición estaba acompañada por músicas, disparos, explosiones y demás ruidos electrónicos de la respectiva serie o del videojuego, según el caso.

Para que viera mejor la minúscula pantalla, la pelirroja se le acercaba cada vez más. Incluso quitó el apoyabrazos y prácticamente se sentó en su misma poltrona.

El embajador sentía cómo la juvenil mejilla de la universitaria rozaba la suya, mientras ella, indicándole con el dedo el minúsculo y ruidoso aparato, le decía:

—*¿Ves? Solo tienes que dejar apretado el botón '*A*' y darle luego al '*B*' para que saltes, pero si lo que quieres es volar, debes obtener un exoesqueleto. Eso es fácil, solo tienes que eliminar* *primero a seis de estos monstruos malos con forma de gigantescas arañas y conseguir el número de puntos que te indique la pantalla.*

Si te matan, vuelves a empezar, pero te voy a dar un truco que me enseñó Raymond para que no tengas que hacerlo desde el principio, sino solo un poco antes de que te maten... Él dice que soy su Meryl, pero él se parece a Volgin, el de 'Metal Gear Solid 3'. ¿Sabes?

Rushmore trataba en vano de intervenir de alguna manera en esa ininteligible exposición, pero su ignorancia total sobre los temas electrónicos que la pelirroja evidentemente dominaba, no le dejaba la menor oportunidad de decir algo que pudiese considerarse una respuesta apropiada o sensata. A pesar de su experiencia de varias décadas en aguerridos foros internacionales, estuvo callado unos minutos pensando una frase que pudiera decir para impresionar a la joven.

Aprovechó que la dama se encaramó sobre él para enchufar un cargador del otro lado de su poltrona —pues su teléfono celular le estaba advirtiendo que le quedaba muy poca batería—, para comentarle sobre uno de los juegos:

—*¡Ese juego es el ajedrez del mundo moderno! Muy pocos lo entienden, pero requiere de mucha práctica, inteligencia, habilidad y estudios.* Dos segundos después de soltarle esas palabras, ya estaba totalmente arrepentido. *¡Qué cursilería!*

¿Cómo pude decirle esa ridiculez? ¿Qué me pasa? ¡Ojalá que ella no me haya entendido!

—¿Ajedrez? ¿Es un juego? ¡Nunca lo había oído! ¿Acaba de salir? Cuando lleguemos le pediré a Raymond que me lo baje por internet. Él y su socio Julio, el del 'cyber', acaban de comprar una nueva computadora HP con una gran pantalla táctil. La esposa de Julio solo me permite utilizarla de madrugada, pero ahora tendrá que prestármela cuando yo quiera.

Después de esa respuesta, el embajador entendió que la grieta generacional y cultural entre él y la muchacha era un abismo insondable; y se limitó a observar y admirar a su compañera de viaje. Para no pecar de antipático, de vez en cuando emitía algunas frases sencillas e interjecciones, no comprometedoras, tales como: *¡Caramba!, ¡Eso es! ¡Cuidado, te va a atacar! ¡Ahí está! ¡Dispárale! ¡Umjú!*

Concentrada en sus juegos electrónicos, la muchacha posiblemente creyó que él estaba entendiendo sus complejas explicaciones, pero Rushmore poco a poco empezó a compartir algo de la satisfacción de la linda mujer cuando ella lograba entrar en un nuevo mundo o etapa o vencer a un contendor virtual.

En situaciones de "peligro", la joven se mordía su precioso labio inferior, mas al superarlo, sonreía alegre, satisfecha, orgullosa de haber evadido el ataque virtual. Y esa sonrisa era un derroche de felicidad y de belleza.

La hermosura del rostro de la estudiante se incrementaba cuando estaba absolutamente concentrada en conseguir "vidas", "puntos" y "armas" para combatir a sus terribles adversarios.

Hubo un momento muy tenso cuando la muchacha, al final de un juego, luchó denodadamente contra uno de sus más encarnizados enemigos cibernéticos. *¡Dios mío, ese monstruo es el peor de todos 'los malos'! ¡Es invencible!* —Exclamó, realmente asustada, temblando—. *Jamás he logrado vencerlo. ¡Siempre me mata!* Después de una feroz lucha de más de veinte minutos contra "el peor de sus enemigos", en la que la joven gesticulaba, se levantaba, lloraba, gritaba y se retorcía (lucha que también mantuvo en vilo al diplomático), y justo cuando ella estaba casi a punto de retirarse para que no la matase el terrible monstruo, este se desplomó y cayó en cámara lenta, como consecuencia de haber recibido en la cabeza más de diez poderosas descargas consecutivas de rayos láser, disparadas con increíble velocidad por la joven.

Se produjo una pausa de varios segundos de expectante ansiedad, mientras el terrible monstruo agonizaba, pero la joven con los dientes apretados seguía dándole sin cesar a los botones virtuales, no fuera que el malvado se levantara de nuevo.

Era el momento culminante, el más importante, porque era el final de la más terrible batalla por la que había pasado la muchacha en sus anteriores "etapas". Rushmore sintió una pequeña puntada en el pecho, por la angustia que le produjo la posibilidad de que el monstruo resucitase (eso era lo más probable, según la muchacha). Su débil y pacífico corazón no estaba acostumbrado a los sobresaltos de esas guerras virtuales, y latía acelerada y desordenadamente, en espera del resultado.

Afortunadamente, lo que apareció en la pantalla fue una felicitación para la chica por haber logrado vencer definitivamente al horrible monstruo y, lo más importante, haberle arrebatado el mágico anillo que le permitiría entrar "a un nuevo mundo".

La joven se quedó muda, paralizada por unos segundos, sin creer lo que veían sus bellos y húmedos ojos.

Pero cuando tuvo la seguridad absoluta de haber eliminado definitivamente al malvado, su emoción fue tan grande que gritó de la alegría: *¡Lo derrotamos! ¡Me trajiste suerte! ¡Te amo!* Y, sin poder contenerse, abrazó al embajador y le dio un beso en la boca.

Rushmore estaba también feliz, por haber vencido a ese monstruo y por el ardiente beso que había recibido como premio por ser portador de tan buena suerte. *Sé que ese beso no era para* mí, sino para su prometido, pero fue muy agradable. Es extraño: es casi la misma alegría que sentí cuando firmamos el tratado. Es la victoria del bien sobre el mal, solo que en una escala menor, virtual.

La azafata vio la escena y llegó con sendas copas de champaña...

—Creo que ustedes tienen una noticia muy buena que deberían celebrar con nuestra más fina champaña. La casa invita, les dijo con una sonrisa llena de picardía.

La joven eufórica le siguió la corriente:

—Sí, gracias, tenemos mucho que celebrar: Conseguí el anillo que me permitirá entrar a otro mundo. Y pasado mañana estaré de luna de miel.

Rushmore y la joven se sentían verdaderamente felices y contentos: rieron, brindaron y bebieron champaña, una y otra vez, como grandes amigos.

La noticia de que el señor Rushmore estaba en el vuelo con una "famosa" artista de cine, se divulgó rápidamente y varios de los pasajeros se acercaron para pedirles autógrafos, pero la chica ya había entrado a su nuevo mundo y no pudo posar, pues ya había entablado un nuevo combate.

Al principio, el diplomático había sospechado que la dama del vestido azul pudiese ser una periodista, trabajando de manera encubierta para hacerle una entrevista o para sonsacarle informaciones íntimas. Pero ella no le hizo ninguna pregunta sobre su trabajo, ni sobre su vida personal. Ni siquiera lo veía. *¡Es una magnifica compañera de viaje! Joven, bella, divertida, sin inhibiciones, pero aunque no lo parezca, es muy discreta. Quisiera verle la cara a Helen cuando le cuente que viajé con una encantadora mujer, que podría ser hija o nieta nuestra, y que me dio un beso en la boca.*

Agotada por la tensión de los juegos durante varias horas seguidas, y por la champaña, la dama le dijo que después de un rato "seguirían" con los videojuegos, porque estaba muy agotada por las compras del día anterior y por los preparativos para el viaje, pero aunque regresó a su poltrona, no volvió a colocar el apoyabrazos entre ambos, y se recostó del hombro del embajador.

En muy poco tiempo su bella y desconocida compañera de viaje estaba profundamente dormida. Rushmore podía sentir su cálido aliento y el rítmico movimiento de su firme busto al respirar. Entonces envidió al feliz mortal que tendría la dicha de casarse con ella. *Si Helen nos ve así, me mata, y no virtualmente. Toda una vida de amantes esposos se vendría a pique por un momento de locura.*

Antes de salir, el embajador había celebrado la firma del tratado con un banquete en el mejor y más lujoso restaurante de Ginebra, durante el cual le sirvieron las más finas bebidas y los más deliciosos platos. Pero el vuelo 1210 para él había sido mucho más grato que esa celebración.

No se atrevía a moverse, para no despertar a la pelirroja, quien cada vez se le pegaba con mayor confianza, como una niña buscando cariño y protección. Rushmore sentía su nariz respingona en su cuello; su aliento mezclado con el olor de la champaña.

El aire que salía de la válvula del módulo del techo hacía que algunos de sus rojos cabellos le hicieran cosquillas en las fosas nasales.

No pensó jamás que la joven pudiese sentirse atraída hacia él por su aspecto físico, pues no era un Adonis, sino un sexagenario, con un abdomen protuberante que reflejaba su vida sedentaria. *Sé que nada tengo de atractivo o de moda, excepto mi vestimenta, hecha a mi medida por el mejor sastre de Londres. Lo único que habría podido llamarle la atención, es el hecho de que soy un hombre público, que aparezco todos los días en los noticieros de televisión y en la prensa. Algunas mujeres se sienten atraídas por hombres de prestigio y yo estoy en el tope de mi popularidad, en mis 'quince minutos de gloria'. Pero esta chica no ha mostrado interés alguno en mí, ni sobre mi trabajo o mi vida personal. Para ella soy otro personaje o muñeco virtual, como el de sus videojuegos. Solo es una muchacha inocente y confianzuda que gusta de las series y juegos electrónicos.*

La dama seguía a su lado, quizás estaba soñando con su novio, porque varias veces, sonrió dormida.

La azafata se les acercó de nuevo y al notar que la joven se había quedado dormida sosteniendo la copa vacía con su mano izquierda, muy cerca del vientre de su acompañante, se la quitó con mucha delicadeza e hizo un guiño de complicidad.

Cuando el avión despegó del aeropuerto de Ginebra, Rushmore había visto reducirse el tamaño de la ciudad donde trabajó intensamente durante más de dos años, conciliando, negociando y discutiendo arreglos, y había deseado que algún día sus problemas se redujeran de esa misma forma. Sus deseos se cumplieron: con la agradable compañía de la desconocida, todo el planeta y todos los problemas se hicieron insignificantes, incluyendo los grandes conflictos internacionales que había contribuido a solucionar y los suyos propios.

Por primera vez en su vida anheló que un viaje durara no solo horas, sino días, meses, años... Además, pronto se reuniría con su Helen y le contaría su "aventura extramatrimonial". Ella seguramente se reiría y le diría: *No me preocu-*

pa, Allan. ¡Esa aventura es tan irreal como el juego que ganaste!

Mientras la joven dormía recostada sobre él, Rushmore se entretuvo observándola detenidamente. Gracias a que se movía constantemente, usándolo como quien coloca una almohada en varias posiciones hasta conseguir la más cómoda para dormir, pudo verla desde diferentes ángulos: su frente, blanca, sin arrugas; sus largas pestañas reforzadas con rímel; sus arqueadas y delineadas cejas rojizas, sus párpados pintados con un azul idéntico al de sus ojos y al de su vestido; sus suaves y perfectos pómulos, con una ligera capa de rubor; sus labios de un color rojo naranja...

El generoso escote de su vestido dejaba ver un seductor río de pequeñísimas pecas rojas, solo perceptibles a la cortísima distancia en la que él se encontraba de su cuerpo. *Parece un río de pequeñas hormigas, que buscan abrigarse entre sus blancos senos.*

Suponiendo que serían novios o amantes, pues en ese momento la pelirroja dormía prácticamente abrazada al embajador, la azafata morena los cubrió a ambos con mantas, y anunció que pronto apagarían las luces para que los pasajeros pudiesen dormir.

En uno de sus movimientos la muchacha se zafó de él y Rushmore aprovechó para ir a los lavabos. Regresó caminando con dificultad por la ocuridad y el licor, y se quedó dormido. Media hora más tarde sintió que era ella quien se levantaba para ir a los servicios.

Las luces apagadas, la inactividad y el monótono zumbido de los poderosos motores del avión, pronto hicieron que casi todos los pasajeros del vuelo 1210 estuvieran profundamente dormidos.

III

Se encendieron las luces y su compañera de asiento todavía se encontraba prácticamente acostada sobre él, totalmente cubierta por la manta. Se sintió mareado por el licor que había ingerido y adolorido por la incómoda posición que sostuvo gracias al afectuoso abrazo de la joven.

La azafata se acercó para preguntarle si deseaba algo más y le sugirió no despertar a "su compañera", porque todavía faltaba más de una hora para aterrizar y ella podía preguntarle más tarde lo que quería para el desayuno.

Rushmore se levantó para afeitarse y cepillarse los dientes. Tenía que estar presentable, porque probablemente al llegar al aeropuerto estarían esperándolo los representantes del gobierno y varias decenas de periodistas.

Cuando se vio en el espejo, observó que su pantalón y camisa estaban llenos de sangre. Alguien tocaba fuertemente la puerta del baño donde estaba. Cuando abrió, dos hombres, que se identificaron como tripulantes, le exigieron que se sentara en la primera clase, porque a "su compañera" le había pasado algo.

Desde lejos pudo ver parte del cuerpo de la chica, tumbada en el suelo con su vestido azul bañado en sangre, mientras un hombre la auscultaba con un estetoscopio.

Uno de los supuestos tripulantes se sentó al lado de él, y lo miraba fijamente. El otro, en la poltrona de atrás. Les preguntó si podía acercarse un momento para indagar sobre la salud de la joven. Y el que estaba a su lado le respondió con un tono nada amable:

—¿*Para qué se preocupa ahora por la salud de ella? Debió preocuparse antes de matarla. ¡Está muerta!*

—¿*Muerta? ¿Cómo? ¿Qué le pasó?*

—*Es usted quien debe explicarnos lo que le pasó. Somos policías. No lo esposamos en este momento, porque dicen que usted es un embajador. Pero créanos, estamos deseosos de que intente algo, para vengar a esa pobre mujer.*

IV

Después de una intensa noche de trabajo en la investigación de un homicidio ocurrido durante un asalto armado, el detective Pablo Morles acababa de acostarse cuando recibió una llamada de su jefe, el capitán Harry Campbell.

Dudó en atender la llamada, pero el capitán no solo era su superior, sino también su padre adoptivo, ya que lo había criado en su casa, como si fuera un hijo más, cuando Pablo quedó huérfano, después que fuera asesinado su padre, Diego Morles, quien entonces era compañero de patrulla del ahora capitán Harry.

En la policía los veteranos querían a Pablo, porque se habían acostumbrado a verlo desde niño, corriendo, jugando y haciendo travesuras en las oficinas de Harry y en los pasillos del gran edificio donde funcionaba el departamento de policía.

Además, Pablo siempre estaba de buen humor, era un hombre muy cordial con sus compañeros de trabajo y sus dotes de investigador eran altamente apreciados por todos los policías, de cualquier edad y de todo el departamento.

No era extraño ver a los funcionarios de Interpol pidiéndole consejos sobre sonados homicidios y otros delitos cometidos en el exterior. Nadie en el precinto policial se atrevía a tutear al capitán o a tratarlo de la forma jocosa e irreverente que lo hacía Pablo.

Pero el capitán sabía que podía confiar ciegamente en Pablo, porque además de ser el mejor detective del departamento, era un hijo dispuesto a dar su propia vida por él. En el pecho, Pablo tenía las cicatrices de dos impactos de bala, que recibió cuando se atravesó para evitar que dieran en el cuerpo del capitán. No había dudado en servir de escudo a quien lo había acogido paternalmente.

Pablo era un hombre alto, delgado, de contextura atlética, ojos negros y escudriñadores, cabellos castaños, demasiado largos para los estándares policiales, nariz recta y facciones finas y angulosas, bien rasurado, piel morena clara, más bien blanca, y siempre vestía elegantemente, pero sin lujo,

—*¡Pablo! Espérame en la puerta de tu casa. En cinco minutos pasaré buscándote. Tenemos un caso urgente.*

—*¡Por fin el departamento de policía me asignó un chofer, jefe! Claro que habría preferido uno de mejor presencia y que tuviera algo de reflejos y de vista, pero es buen comienzo...*

—*¡Deja las burlas, Pablo, en este momento este es el caso más serio que probablemente exista en el país y en el mundo! Desde la ONU llamaron al canciller para recomendarle que pidiera la* colaboración del FBI, de Scotland Yard y de La Sureté, entre otras policías de prestigio internacional. Y el ministro les dijo que no daríamos un paso sin ellos. Nadie es profeta en su tierra, ¿Para qué tienen que acudir a policías extranjeros, si aquí tienen los mejores?

—Claro, jefe, tienen razonables dudas de que usted sea capaz de resolver solo ese caso. Su fama de inepto es internacional. Ya que va a ser mi chofer, ¿podría comprarme por el camino una hamburguesa o un bocadillo? Anoche no pude cenar. Estuve en la morgue hasta la madrugada. Si puede pasar también por la lavandería y recoger tres camisas y unos pantalones, y dos vestidos de mi esposa, que no he podido buscar por falta de tiempo, también se lo agradeceré... Después le daré otras órdenes, chofer.

—Si no estás allí en cinco minutos, búscate otro trabajo, Pablo. Ahora no estoy para bromas.

V

Exactamente a los cinco minutos el coche oficial del capitán Harry llegó a la puerta del edificio donde vivía Pablo.

—*Debe ser algo verdaderamente importante, Magda. Nunca había visto a Harry llegar con puntualidad a algún sitio.* Comentó Pablo a su esposa, al despedirse de ella con un beso.

—*¡Cuídate Pablo! Me preocupan esas salidas de emergencia. Siempre estás corriendo peligro, y te necesitamos. No sé qué haría sin ti. Saludos a Harry, y que se cuide él también. La pobre Sandra ya ni duerme.*

El timbre del intercomunicador repicaba constantemente mientras Pablo poniéndose la chaqueta que medio escondía la enorme pistola automática *Colt 45* que heredó de su padre, bajaba tranquilamente, silbando, sin apuros, por las escaleras del edificio hasta la planta baja.

Harry lo esperaba impaciente en la puerta, con una hamburguesa en la mano.

—*Come, hijo. Nos espera un día fuerte. ¿Cómo están Magda y tus muchachos? Deben estar odiándome, porque estuviste trabajando hasta la madrugada y, apenas acababas de llegar, te hice salir nuevamente. No habrás dormido ni una hora.*

—*Todos estamos bien por casa. No se preocupe, jefe. Magda, Bernardo y Guillermo lo odian en este momento, pero no tanto como yo. Gracias por la hamburguesa. ¿Qué es lo que ocurre ahora?*

—*No lo vas a creer, Pablo. Se trata nada más y nada menos que de Allan Rushmore.*

—*¿Mataron a Rushmore? Ese sí es un caso importante, jefe.*

—*No, Pablo. Fue al revés: Afirman que Rushmore mató a una joven y bella mujer dentro del avión donde regresaba. En este momento está retenido en la oficina del director del aeropuerto, mientras estudian cómo manejar el caso. El escándalo será mayúsculo.*

—*Eso es todavía más importante. ¿Rushmore, el futuro premio Nobel de la Paz, es un asesino?*

—*Lo peor es que jura que no sabe ni el nombre de la mujer que estaba con él y que aparentemente asesinó, a pesar de que durante todo el viaje varios pasajeros los vieron sentarse juntos, conversar, brindar, reír, acariciarse mutuamente y algunas otras cosas.*

—*Posiblemente era su amante... ¿Y cómo la asesinó?*

—*Clavándole un puñal en el pecho, en pleno vuelo...*

—¿Un puñal? ¿Cómo lo introdujo en el avión? ¿Y los controles de seguridad?

—En Ginebra dicen que no lo revisaron exhaustivamente, por su condición de diplomático y porque se trataba de una persona muy famosa. Yo tampoco lo habría revisado.

—¿Y nadie intervino para impedir el asesinato?

—Según dos policías que viajaban de incógnito en el avión, Rushmore habría aprovechado para cometer el crimen después que el piloto apagó las luces. Nadie vio cuando lo hizo.

—¿Hubo alguna discusión previa entre ellos?

—Todo lo contrario, Pablo. Hasta parece que Rushmore y la joven llegaron a mayores intimidades en pleno vuelo.

—Eso no tiene sentido, Harry. Un crimen así, en público, normalmente obedece a algo muy grave que hace que la persona pierda el control de sus actos, que lo lleve a un estado de paroxismo o de enajenación mental transitoria o que lo coloque muy cerca de la irracionalidad. Me huele a un montaje, a una trampa.

—Yo también creo eso, Pablo, pero todas las evidencias están en contra de Rushmore.

VI

Pablo nunca había llegado tan rápido a un aeropuerto. Jamás había visto a Harry conducir de esa manera. Con una mano, el capitán sostenía el volante y con la otra el teléfono celular, por el cual pedía informaciones e impartía órdenes con la misma pasmosa velocidad con la que conducía. Varias veces estuvieron a punto de chocar con otros vehículos y hasta de llevarse por delante a un agente del tráfico. Ni se molestaba en ver si los semáforos estaban en verde.

Cuando llegaron, ya el capitán había recibido del director y de las autoridades policiales del aeropuerto algunos datos sobre el caso y ordenado algunas tareas a sus auxiliares, especialmente al médico forense, el doctor Henry Fowler, y al subinspector Felipe Maita, quien a su vez dirigía un cuerpo que ellos denominaban "el ala móvil", que era un equipo integrado de funcionarios de diversas especialidades acostumbrados a tomar posesión con extraordinaria prontitud de los escenarios de crímenes, para proteger a personas, preservar evidencias y, muy especialmente, para identificar e interrogar a los posibles testigos e indiciados.

A pesar de su aspecto inofensivo, sencillo y bonachón, el capitán Harry, al entrar en acción, se parecía al general Norman Daniel Cota en el día "D", cuando animaba a sus hombres a desembarcar en playa Omaha, Normandía.

El director del aeropuerto los estaba esperando en la parte de atrás, para evadir al gran grupo de periodistas que, ignorando lo que había ocurrido en el avión, esperaban al señor Rushmore para entrevistarlo.

Cuando entraron al despacho del director, el embajador se puso de pie y avanzó hacia el capitán.

—¿Capitán Harry Campbell? Mucho gusto. Soy Allan Rushmore. El canciller me dijo que podía confiar en usted, y mi amigo, el doctor Carlos Ignacio Gutiérrez, ministro de relaciones interiores y justicia, afirma que no hay mejor equipo policial en el mundo que el que usted dirige.

—Carlos Ignacio es muy generoso en sus apreciaciones, señor. Es un honor conocerlo personalmente. Siempre he admirado su trabajo. Le presento al inspector Pablo Morles, el mejor detective de nuestro departamento, quien además es un hombre de mi absoluta confianza.

Tengo instrucciones del canciller y de mis superiores jerárquicos de tratarlo a usted con todo el respeto y consideración que se merece, y de interrogarlo solo informalmente, dada su condición de diplomático, sin que las respuestas que nos dé en esta etapa preliminar puedan ser utilizadas en su contra o comprometerlo de modo alguno. Eso no elimina la posibilidad de posteriores interrogatorios formales.

Si en esta etapa o en cualquier otra, desea la asistencia o presencia de un abogado de su con-

fianza, con mucho gusto se lo localizaremos y traeremos.

—*Soy abogado, capitán, y entiendo y acepto el procedimiento. Soy inocente y no tengo nada que esconder, ni temer. Con gusto responderé a todas sus preguntas. Si quiere, puede utilizar mis respuestas a mi favor o en mi contra. Creo en la justicia.*

—*Gracias. El detective Pablo Morles le hará las preguntas, las cuales serán grabadas solo informalmente. ¡Trátalo con respeto, Pablo!*

—*Señor Rushmore, ¿se encargó personalmente de la adquisición de los boletos para usted y para su acompañante en el vuelo 1210 o encargó a alguien para que lo hiciera?*

—*Encomendé a mi asistente, la señora Emma Wessel de mis oficinas en Ginebra, que adquiriera mi pasaje. Solo mi boleto, porque viajé sin acompañantes. Ella hizo todos los trámites y los correspondientes pagos. Regresé solo a mi país. La dama que lamentablemente apareció muerta en el avión no era mi amiga, jamás la había visto hasta que ingresó a la aeronave.*

Fue simplemente una persona que compró su boleto para el mismo vuelo que yo, como lo hicieron todos los demás pasajeros del vuelo 1210, y a quien por pura coincidencia le correspondió una butaca al lado de la mía. Pero no existía vínculo alguno entre ella y yo, ni de fami-

liaridad, ni afectivo, ni de amistad, ni de ninguna otra índole. Ni siquiera llegó a decirme su nombre. Los medios de comunicación que se congregaron para despedirme pueden comprobar que ingresé solo al avión.

—¿Fue usted revisado al ingresar al área de salida de vuelos del aeropuerto de Ginebra?

—Sí, frente a varios centenares de personas que acudieron a despedirme, principalmente periodistas de los más importantes órganos de comunicación del mundo. Aunque, como es usual en casos de viajeros diplomáticos, no me revisaron físicamente o de manera minuciosa. Sin embargo, pasé por todos los controles electrónicos y mi equipaje personal, por no haber sido clasificado como 'valija diplomática', fue también revisado por esos mismos controles electrónicos.

—El vuelo 1210 tenía tres secciones o clases: primera, ejecutiva y económica. ¿Alguna razón particular para que usted viajara en la clase ejecutiva, y no en la primera clase, como correspondía a un funcionario de su alto rango?

—Por cuestiones de imagen y de presupuesto, es una política de nuestro departamento que no debemos viajar en primera clase, sino, en lo posible, en la clase ejecutiva, la cual es también muy cómoda. Estamos pidiendo austeridad a muchos países, y debemos dar el ejemplo. Consta en las actas de la Secretaría que propuse que todos los funcionarios viajáramos en clase económica o turística, pero nuestros asesores de seguridad se opusieron a ello. Yo, fiel a mis principios, para no ofender ni disgustar a nadie, viajo en una clase intermedia, y pago mis boletos con mis propios recursos.

—¿Llevaba usted algún arma al ingresar al avión, un puñal, un punzón o algún otro objeto punzo penetrante?

—No, detective. Nunca he usado armas de ningún tipo. Eso iría contra mi naturaleza, siempre he sido un pacifista, y larga ha sido mi lucha contra el porte de armas por parte de civiles.

—¿Alguien le hizo el equipaje? ¿Su secretaria en Ginebra, quizás?

—No. Yo mismo arreglé todo mi equipaje. Suelo hacerlo personalmente. Tengo mucha experiencia haciendo maletas. En lo que va de año ya he hecho diez viajes nacionales y durante el año pasado hice veintidós internacionales.

—¿Algún extraño manipuló su equipaje después de que cerró las maletas?

—Mi chofer en Ginebra lo llevó al 'predespacho' de la línea en el aeropuerto. Es una persona de mi confianza. No puedo afirmar que haya llegado intacto o que en este aeropuerto no haya sido posteriormente manipulado. Todavía no he retirado mis maletas de la aduana.

—Cierto. Si usted nos lo permite, ordenaremos que sea abierto y revisado en su presencia y filmaremos y dejaremos constancia en acta de su contenido, antes de devolvérselo.

—Gracias, inspector. Allí tengo mi ropa y artículos personales. No puedo comparecer ante la prensa con esta facha.

—Aunque según usted la dama le era totalmente desconocida, parece ser que ambos se entendieron muy bien y rápidamente entablaron amistad. ¿A qué se debió eso? ¿Cómo se inició esa relación?

—Creo que está mal informado, inspector. No hubo relación de amistad alguna. Simplemente fueron los tratos recíprocos de elemental cortesía entre dos pasajeros extraños. Debo confesar, no obstante, que mi vecina de puesto, quizás estimulada por el licor, se tomó ciertas libertades, que de haber sido vistas por terceros, habrían podido interpretarse como señales de intimidad, aunque jamás podrían calificarse de eróticas o sexuales.

—Sin embargo, usted le dio un anillo de compromiso y brindaron juntos por su amor y hasta por su luna de miel... y se dice que se tomaron fotos.

—Es un malentendido, inspector. Ella fue quien hizo ese brindis y lo que estamos celebrando era que se había ganado un anillo virtual que le *permitía entrar a otro mundo de un videojuego. El brindis por la luna de miel sí fue en serio, pero ella la disfrutaría con su futuro esposo, con el hombre con quien se casaría el mismo día de su llegada.*

Aparezco constantemente en los diarios y en la televisión de todo el mundo. Mucha gente me pide autógrafos o quiere fotografiarse conmigo. No creo que yo sea un hombre distinto de los demás, pero he firmado miles de autógrafos y me he retratado millares de veces con extraños. Uno termina creyéndose importante, hasta que un hecho como este le hace ver que no es más que un tonto engreído.

—Entiendo, embajador, pero usted sí es un hombre importante y si fuera engreído no diría eso. Disculpe, no debí hacerle esa pregunta.

—No tiene de qué excusarse, detective. Usted está cumpliendo con su deber. Le responderé con toda sinceridad y franqueza todas sus preguntas, aunque puedan considerarse indiscretas o impertinentes. Pido que se deje constancia de que renuncio voluntaria y expresamente a cualquier fuero o inmunidad que pueda corresponderme. Puedo firmarle esa constancia, incluso ante un notario. Soy el más interesado en que se resuelva y aclare este enojoso asunto.

—Gracias, embajador. No esperaba menos de usted. ¿Por qué no regresó con su esposa?

—*Porque Helen ya está aquí. Se vino en otro vuelo, días antes que yo, para arreglar nuestra casa y darle la sorpresa a nuestra hija mayor, Rose, que está a punto de dar a luz. La firma del tratado me impidió regresar antes, con Helen.*

Traté de comunicarme con ella y no pude. Nos despedimos en Ginebra y quedamos en que nos veríamos aquí y que era posible que por la cantidad de reuniones y de agasajos yo no pudiese llamarla antes.

Helen y yo tenemos más de treinta y cinco años de casados y nos amamos mucho. Estoy seguro de que ella entenderá que fue un encuentro casual, que nada incorrecto hice. Me apoyará como siempre lo ha hecho.

Dentro de poco me retiraré y dedicaré todo el resto de mi vida a Helen y a mi familia, inspector.

—*¿La mujer que se sentó a su lado le dijo su nombre o le aportó algún dato que nos permita confirmar la identificación con la cual compró el pasaje?*

—*No, solo me dijo que compró su traje de bodas y que venía a contraer matrimonio, que estaba muy enamorada y feliz. Y de verdad parecía estarlo.*
—*¿No viajó usted con escoltas o con amigos?*

—No, nunca he tenido escoltas. Tengo muchos amigos, muchísimos, en todo el mundo, que me critican eso, pero cuando uno es funcionario de la ONU, si no puede viajar en compañía de amigos de todos los países involucrados, lo mejor es viajar solo, para que no se interprete que uno tiene preferencia por un determinado país u organización.

Para ser funcionario de la ONU no basta ser imparcial, inspector. También hay que parecerlo. La objetividad y neutralidad son importantes cuando uno es nombrado mediador entre países o regiones en litigio o al borde de una guerra. Pero no acostumbro a poner barreras a quienes quieran hablar conmigo. Aprecio y agradezco el contacto humano, pues no tengo enemigos.

—Pero un hombre como usted, con su prestigio y reputación, se expone demasiado al viajar solo y tratar con todo el mundo. La fama atrae no solo a las mujeres bellas, sino también a maleantes de ambos sexos. Algunos gozan viendo sus propias fotos en los noticieros y periódicos, solo por el hecho de haber asesinado a alguien famoso. El caso de la muerte de John Lennon es un ejemplo de esa extraña manera de gozar.

—Dios me protege. Mejor guardaespaldas, imposible. Precisamente por no rehuir el contacto humano, he logrado cosas que otros consideraban inalcanzables.
—¿El nombre de Alba Clairmont le recuerda a alguien, señor?

—No, inspector, ¿quién es? Me han presentado muchas personas, quizás debiera conocerla, pero no recuerdo ese nombre. El apellido me suena, porque en las negociaciones del tratado, el representante de Francia fue el embajador Charles Clairmont, un hombre muy influyente en la Comunidad Europea, unos años mayor que yo, pero además de él creo que no he conocido a nadie con ese apellido.

—Es el nombre de su vecina de puesto, embajador, de la mujer del traje azul. Según la identificación que ella presentó para adquirir su boleto, tenía cuarenta años de edad y era casada...

—¿Cuarenta años? ¿Casada? No es posible, detective. Es evidente que alguien le informó mal o existe una confusión. Cuando llegó, ella le enseñó al sobrecargo su boleto para abordar y ese funcionario verificó que el mismo correspondía al puesto junto al mío. Me extrañó, porque había varias poltronas vacías en esa misma fila. Pero no me desagradó.

La muchacha que se sentó a mi lado no podía tener más de dieciocho años, era soltera y venía muy ilusionada a casarse. Era bellísima, parecía una modelo. Su rostro no tenía ni una arruga. Tenía ojos azules y vestía un llamativo traje de color azul, que resaltaba un hermoso cuerpo.
—El anzuelo perfecto para un hombre que viaja solo... Veo que la observó con detenimiento. ¿De qué color era su cabello?

—*Siempre he sido muy observador. Helen y yo solemos jugar apostando a quién recuerda más detalles de una misma persona. Ella se burla de mí, diciendo que yo soy un viejo verde que solo recuerda los detalles de las mujeres bonitas, pero sin duda alguna, es más fácil recordar a una mujer bella, que a una que no lo sea tanto.*

La dama del avión era pelirroja. Se quedó dormida sobre mi hombro y pude ver su abundante cabellera roja. Era su cabello natural, puedo asegurarlo.

—*¿Cómo puede asegurar eso?*

—*Porque su cabeza estuvo tanto tiempo sobre mi hombro que habría podido contarle cada uno de sus cabellos y describirlos desde la punta hasta su raíz.*

—*¿Tenía usted esa misma chaqueta cuando viajaba? ¿Podría dármela? ¿Cuándo la lavó por última vez? ¿Estaba limpia cuando abordó el avión?*

—*Sí, es la misma chaqueta que llevaba en el vuelo 1210. Estaba limpia y planchada, me la enviaron al hotel en la mañana, poco antes de abordar. ¿Por qué?*

—*Mandaremos a hacerle una experticia. No se imagina toda la información que contiene un simple cabello o un hilo de tela. Incluso, puede tener rastros de saliva, sudor y de otros fluidos.*

—Entiendo. Tome mi chaqueta. En el bolsillo encontrará mi celular, mi cartera, algunas llaves, un bolígrafo y otros efectos personales. Puede tomarlos también, si desea.

—¿Puede describirme el color de la piel de la mujer que usted dice que era una jovencita? No es una ironía, embajador, tengo mis razones para hacerle esa pregunta... Utilice como referencia el color de la piel de cualquiera de las personas aquí presentes. Para nosotros es muy importante identificar a esa mujer.

—No se preocupe, ya le dije que puede hacerme todas las preguntas que quiera y añado que también podrá hacérmelas en el tono que le parezca mejor para la investigación. No me ofenderé.

El color de la piel de la muchacha era ligeramente más claro que el de la chica que nos trajo café hace unos minutos. La del avión era más o menos de su altura, contextura y edad, quizás unos dos o tres años menor, pero aquella era pelirroja y la del café es rubia.

Intervino entonces el capitán Harry:

—Señor director, ¿podría llamar a la jovencita que hace poco nos sirvió el café? Tiene que ser la misma camarera, no otra persona.

—¿A Diana Carolina Rosen? No es una empleada del aeropuerto, ni es camarera. Es posible que ya no esté en el área de seguridad y aduanas, detective. Viene y se va. Pero cualquier otra persona puede traerles más café.

—No estaría mal, pero lo que más nos interesa es ver a esa chica en particular.

—Todos se sienten atraídos por ella, es muy bella y simpática. Desde que esa mujer llegó a este aeropuerto, todos los hombres, incluyéndome, estamos alborotados.

Esa mujer vuelve loco a cualquier hombre. 'Vuela con jaula y todo', capitán.

VII

A los pocos minutos, el director del aeropuerto se presentó con la joven Diana:

—*¿Qué edad tienes, hija?* Le preguntó Harry.

—*Veinte años, capitán, los cumplí hace dos meses. ¿Por qué me lo pregunta?*

—*Estamos tratando de hacer un retrato hablado de una persona parecida a ti, y nos gustaría que colaboraras con nosotros.*

—*Con mucho gusto, capitán. No soy la encargada del café, sino una estudiante de criminalística. Estoy temporalmente aquí, asignada por mi instituto, haciendo una pasantía en las oficinas de seguridad del aeropuerto. Pero igual vuelvo a servirles café y agua. ¿Lo quiere con crema o con leche? ¿Con azúcar o sin azúcar? A todos les gusta el café que preparo...*

—*Gracias, hija. El café lo podemos dejar para más tarde. El mío con algo de leche y sin azúcar. Con tu dulzura nos basta. Eres muy amable, ¿Podrías sentarte en ese sofá, al lado derecho del señor Rushmore? Imagina que estas en un asiento doble de un avión, en unas poltronas clase ejecutiva, algo más anchas que las de la clase económica.*

—*¿Es usted el señor Allan Rushmore? ¿El embajador? Perdone, no lo había notado. Es un honor* conocerlo personalmente. Se ve más joven que en la televisión.

—El honor es mío, señorita.

—El señor Rushmore sí te vio, muchacha y tiene muy buen ojo para analizar a las mujeres bonitas. Pero en este momento está algo cansado y necesita que le recuerden ciertas cosas.

—¿Cuánto mides, Diana?

—90-65-90, capitán. Tengo unos kilogramos de exceso, según los cánones de los concursos de belleza, pero en el gimnasio me dijeron que en cuatro semanas podría llegar al peso ideal. Además, mejor es que me sobre algo de carne a que me falte.

—Estoy de acuerdo, pero me refiero a tu altura, hija.

—Ah! Perdón. Mido un metro setenta, sin tacones.

—¿Y con tacones?

—Eso depende del calzado. Hoy tengo unos zapatos medianos de unos cuatro centímetros. Los altos, los de fiesta, pueden medir unos diez centímetros más. Incluso, algunas modelos los usan de quince.

—Como mujer, ¿consideras atractivo al señor Rushmore?

—Sí, aunque es mucho mayor que yo, tiene algo interesante. Parece un hombre muy educado, atento, amable; eso atrae a la mayoría de las mujeres, especialmente si tiene fama y dinero, como él; pero no es mi tipo.

Podría pasar un rato o una noche con él, para que mis amigas vean que me relaciono con hombres importantes y para dar celos a mis amigos. Pero no me gustaría para casarme. Para ello, elegiría a un hombre atlético y unos veinte o quince años menor, aunque no sea conocido ni tenga dinero. Quiero un esposo, no un padre... Perdone, señor Rushmore, si lo ofendí, no quise ser tan cruda.

—Para nada, señorita Diana. Le agradezco su sinceridad. Si hubiera hablado antes con usted, quizás no estaría aquí.

—¿Te molestaría colocar tu cabeza sobre el hombro del señor Rushmore?

—Todo lo contrario, capitán. ¿Así está bien?

—Acércate más a él, Diana. No muerde. Como si trataras de seducirlo, aunque no te atraigan las personas mayores.

—¿Así?

—No, Diana, pega más tu cuerpo al suyo, como si le estuvieras susurrando algo erótico al oído. Haz que sienta tu aliento en su oreja. Así. Ahora reclina tu cabeza sobre su pecho en la posición de una mujer que se hace la dormida para establecer contacto físico con un hombre. ¿Era esa la posición de la dama, embajador?

—Exactamente, capitán. Pero no teníamos los asientos rectos, sino reclinados, en posición de descanso. Solo que ella...

—¿Solo que ella... qué, señor embajador?

—Solo que ella estaba menos tensa, parecía más natural que la señorita Diana.

—Relájate un poco, Diana. Olvídate de que es el señor Rushmore. Piensa que es tu novio, con quien te vas a casar, que es de tu edad y que quieres entregarte a él... Acaríciale la mejilla, pásale lentamente tus dedos sobre sus labios, haz que tu cara se pegue a la suya, como deseando que este breve momento fuera eterno... ¡Provócalo!

—¿Me pide usted que le haga a este pobre señor las mismas cosas que le hago a mi novio? ¿Quiere matarlo?

—Sí, Diana. Queremos que se despida de este mundo feliz y satisfecho.

Diana rio, obedeció y trató de relajarse.

—¿Y ahora, embajador, cómo la siente?

—Ahora sí, capitán. Fue casi como sentir de nuevo a la pelirroja a mi lado. Ignoraba que los interrogatorios de la policía tuviesen estos agradables momentos.

Intervino de nuevo Pablo:

—Dígame señor Rushmore: ¿El color del cabello de Diana es natural o está pintado?

—Es su cabello natural, detective. Desde esta posición pude verle las raíces, aunque la señorita Diana se ha aclarado parcialmente algunas mechas de su cabellera.

—Es cierto, capitán. No me pinto el cabello, porque soy alérgica a los colorantes, pero sí me aclaro algunas mechas para resaltar el tono dorado de mi cabellera.

—¿Y el de la pelirroja era también natural?

—Sí. Completamente natural, aunque tenía el olor típico del cabello quemado de una mujer recién salida de la peluquería. Si tenía laca, era en muy poca cantidad.

—Señor Rushmore, ¿El traje de la joven del avión era escotado o era como el de Diana?

—Bastante escotado, detective. Era más vaporoso y sugestivo que el de Diana. Además, era de color azul intenso.

—¿Pudo verle los senos?

—Era inevitable ver la parte superior de los mismos. Confieso que sí los vi, quizás por más tiempo de lo que debía.

—Diana, ¿podrías desabotonarte los tres primeros botones de la blusa?

—¿Así, detective?

—Por mí, te los podrías desabotonar todos. Pero así está bien, gracias. Colócate ahora sobre el pecho del señor Rushmore, de modo que él pueda ver tus senos desde arriba. Si no rotas tus caderas y piernas hacia él, te será muy difícil colocarte de esa manera, Diana. La mujer no habría podido permanecer mucho tiempo haciéndose la dormida, de haber estado tan tiesa como estás ahora. ¡Ajá! Ahora estás mucho mejor. ¡Quédate así!

Señor Rushmore: vuelva a colocarse exactamente como estaba en el avión. Inclínese hacia atrás, ya que el espaldar de nuestro sofá no se reclina. Cierre los ojos y solo recuerde lo que veía en el vuelo 1210. Espere unos minutos. Ahora ábralos, vea el escote de Diana, y dígame las diferencias entre ambas mujeres: lo que vio y sintió con la del avión y lo que ve y siente al observar desde arriba el escote de Diana. *No se preocupe por lo que opine:* Diana es una joven tierna, pero por algo está estudiando criminalística.

—Aclaro que solo pude ver la parte superior de los senos de ambas damas. En cuanto a lo que observé, les indico:

En primer lugar, la señorita Diana tiene un collar multicolor de bisutería, muy a la moda; la del vuelo tenía una clásica cadena de oro, muy fina y delgada, con un dije en forma de 'L', elaborado con pequeñísimos brillantes.

Otra diferencia es que Diana tiene un sujetador de tela suave, muy blando, sin armazón, casi del mismo color de su carne, que ligeramente le comprime y le levanta el busto; mientras que la del avión, no tenía sujetador alguno, y su pecho subía y bajaba más libremente cuando respiraba.

Diana es más fogosa y 'lanzada' o atrevida. La otra era más mecánica. Es posible que la expresión 'fríamente tecnológica' sea más adecuada.

Puedo añadir también que los senos de la señorita Diana parecen ser algo más voluminosos y blandos que los de la mujer del vuelo 1210, quizás solo una talla de diferencia; pero la forma y la separación son casi las mismas.

Y por último, inspector, el color de la piel en esa parte del cuerpo es muy parecido en ambas mujeres, aunque la piel de esta señorita parece ser ligeramente más clara y menos fresca. Ambas tienen pieles blancas, surcadas de pequeñas venas azules o verdosas; pero la diferencia es la lluvia de pequeñas pecas rojas que tenía la dama del avión; pecas las cuales solo pude percibir al observar sus pechos a muy corta distancia. Lucían como pequeñísimas hormigas rojas.

Diana no tiene pecas, sino un pequeño lunar natural en forma de estrella al comienzo de su seno izquierdo.

—¿Un río de minipecas rojas? ¿Hormigas? ¿Solo en el pecho? ¿No tenía también pecas en las mejillas? ¿Y la señorita Diana tiene un lunar en forma de estrella?

—No, la dama del avión no tenía pecas en sus mejillas, o al menos yo no se las vi. Quizás por el maquillaje. Me apena decirlo, pero me concentré más en sus pechos.

—Es normal, es lo que cualquier hombre habría hecho en su lugar.

—Respeta, Pablo, que estamos en algo muy serio y delicado. Me gustaría tener en mi departamento a un policía con los dotes de descripción que tiene el señor Rushmore. Una cámara fotográfica no habría descrito mejor las diferencias

entre los escotes de las dos damas. Es impresionante su capacidad de análisis.

—Gracias.

—¿Podría usted ayudarnos para hacer un retrato hablado de la dama? Nuestro técnico, el señor Méndez, irá dibujando sobre el tablero electrónico el rostro de ella, a medida que usted le vaya suministrando los datos fisonómicos. Si recuerda algún detalle característico, por favor, díganoslo.

Terminado el retrato, le sugiero tratar de descansar aunque sea unas horas, embajador, en la habitación de la oficina del director del aeropuerto, pero sin la señorita Diana. Va a tener un día duro, fuerte, desagradable. Afuera hay centenares de periodistas. Aunque hicimos todo lo posible para que no trascendiera el hecho, algunos pasajeros dieron a la prensa la noticia de que alguien había muerto durante el vuelo 1210. Sin embargo, nadie conoce hasta ahora los pormenores.

Por radio se dijo que a usted le había dado un infarto o que la chica se habría suicidado.

Puede llamar a su esposa o a otros familiares para tranquilizarlos. Si quiere, use mi celular o cualquier otro teléfono, público o privado. Le garantizo que ninguno está intervenido. El suyo lo analizaremos. En unas horas continuaremos el interrogatorio. Ahora el detective Pablo y yo conversaremos con los tripulantes y luego iremos a la morgue. Al terminar, lo contactaremos de nuevo.

Volviéndose a Diana, el capitán le dijo:

—Gracias, hija. Has sido muy eficiente. El próximo lunes, llámame. En nuestro departamento estamos necesitando a una persona como tú. Si posees la suficiente fortaleza de ánimo para aguantar los chistes malos de Pablo, tienes asegurado el empleo. La paga es poca, pero allí, como dice Pablo, cada día tenemos el caso más importante del mundo y aprenderás más que en cualquier universidad.

Te participo que todo lo que viste o hiciste aquí es absolutamente confidencial y forma parte del sumario de un homicidio, por lo que no podrás revelar ni contar a nadie lo que sucedió en esta oficina, ni suministrar informaciones sobre lo que oíste. ¿Está claro? Lo mismo se aplica a todos los demás asistentes a esta reunión.

—No se preocupe, capitán. Seré una tumba. Gracias por la confianza que depositó en mí, no lo defraudaré. Aguantaré con estoicismo los chistes malos de su detective.

—¡Bienvenida al club de esclavas del capitán Harry, Diana! Vas a tener que estar mostrándonos tus pechos a cada rato, porque todos exigiremos ver ese lunar una y otra vez en el departamento. Es posible que la investigación exija comparar otras partes de tu cuerpo con las de la mujer *del avión. Con fines puramente científicos, claro está. Nada morboso.*

Diana soltó una carcajada por las ocurrencias de Pablo.

—*El próximo lunes estaré con ustedes, y, a menos que haga mucho frío, no llevaré sujetador. Me sacrificaré por la ciencia y la justicia.*

Harry volvió a exigir seriedad a Pablo y a la chica.

VIII

El capitán formalmente se dirigió al director y demás autoridades del aeropuerto presentes, en los siguientes términos:

—*Señores: Esto es un asunto de Estado. Se declara área afectada por la investigación del homicidio de la ciudadana Alba Clairmont, la formada por las primeras seis líneas de butacas de la clase ejecutiva del vuelo 1210, y sus respectivos pasillos y portaequipajes, ya que se presume que dentro de esa área se cometió el crimen.*

Únicamente podrán salir del aeropuerto los pasajeros de la aeronave que no tuvieron contacto o comunicación alguna con el área afectada por la investigación, una vez que sean verificados sus pasajes y comprobadas sus identidades, y siempre que las pruebas de luminol no indicaren rastros de sangre en ellos.

Los videos muestran que ninguno de los pasajeros que ingresaron a la primera clase estableció contacto con dicha área, salvo por lo que respecta a los dos policías que viajaban de incógnito y al mismo señor Rushmore cuando fue obligado a permanecer allí, después del asesinato.

Por lo que respecta a los pasajeros de la clase económica del vuelo 1210, se nos informó que solo seis pasajeros ingresaron desde la misma, al área de investigación: Marcel Blanco, Altair

Jordán, Juan Rodríguez, Rebeca Levy y Salomón Strauss. Una unidad especial de investigación se encargará del despeje de los sospechosos.

Ni la tripulación ni los equipos de tierra dedicados a los suministros o servicios de combustible, alimentos, bebidas, o al manejo de los equipajes, podrán salir del aeropuerto, sino una vez que hubieren sido interrogados y policialmente descartados como posibles sospechosos.

El avión permanecerá cerrado y custodiado hasta que realicemos las experticias del caso. Nadie podrá entrar o salir de la aeronave, sin la autorización de Pablo, de la mía o del subinspector Felipe Maita.

Ni siquiera la basura podrá ser manipulada o sacada del avión sin nuestra previa revisión y autorización. La basura proveniente del área afectada por la investigación deberá ser extraída y colocada en bolsas selladas, y enviadas a nuestro laboratorio. El subinspector Maita vendrá en minutos con un equipo de expertos.

—Así se hará, capitán. Recibí una orden del alto Gobierno para que le prestásemos toda la colaboración, pues el asunto que usted investiga ha sido considerado de la más alta prioridad para la Nación, y todo lo relacionado con el mismo será clasificado como secreto de Estado.

La aeronave está rodeada por varios de mis hombres. Apenas el subinspector Maita llegue, se retirarán y la nave quedará bajo su guardia y custodia, hasta que usted disponga lo concerniente.

—Una cosa más, señor director: nadie debe enterarse de que el señor Rushmore se encuentra aquí.

A quienes pregunten, digan que por razones de seguridad, salió por la puerta trasera del aeropuerto, reservada a personalidades, y que de allí fue trasladado en un helicóptero militar a un lugar no identificado. No está arrestado, pero no le conviene salir. Tan pronto examinemos su equipaje, le mandaremos sus maletas.

IX

Un hombre alto, de unos cuarenta años de edad, vestido con el uniforme de capitán de aviación, se presentó en la dirección del aeropuerto, preguntando por el capitán Campbell.

—*Tengo entendido que quería hablar conmigo, señor, soy el capitán Alfredo Balda.*

—*¿El capitán del vuelo 1210? También soy capitán, pero de la policía, por lo que tengo mayor riesgo de estrellarme que usted. Deseo hacerle unas preguntas.*

—*Las que quiera.*

—*¿Despegó oportunamente su avión?*

—*Sí, apenas unos diez minutos de retraso sobre la hora establecida, pero eso es normal dentro de nuestros parámetros.*

—*¿También en Suiza? ¿Y a qué se debió ese pequeño retraso?*

—*A dificultades para la carga y al tiempo, capitán. En Ginebra había nevado mucho y tuvimos que descongelar los alerones, los frenos y otras partes importantes del avión.*

—*¿No influiría también una pasajera que llegó tarde?*

—Me informaron que una persona llegó con algunos pocos minutos de retraso, pero todavía no habíamos cerrado la puerta. Del mostrador de la línea ya me habían avisado.

—¿Vio a esa persona entrar al avión?

—No sé si era una mujer o un hombre. No la vi. La cabina estaba abierta, pero yo estaba con Rafael Torres, el copiloto, de espaldas a la entrada y a varios metros de distancia de la puerta. El ingreso al avión lo controlan el sobrecargo y las azafatas. El trabajo de un piloto cuando se está a punto de despegar es muy intenso.

—¿Había usted volado antes en esa línea?

—Sí, pero hoy fue la segunda vez en varios meses que me tocó el vuelo 1210. Mi ruta normal es Ginebra-Nueva York, pero la semana pasada el capitán que normalmente se encarga del vuelo 1210 se enfermó y tuvo que guardar reposo. La línea me asignó temporalmente esta ruta, por quince días, no más. Después volveré a la mía de siempre. Esta no me gusta.

—¿Por qué no le gusta esta ruta?

—No me llevo bien con el copiloto, el capitán Rafael Torres, un español que se cree míster universo. Creo que está sentido porque esperaba ser él quien cubriera la vacante. El ambiente de trabajo se ha tornado muy desagradable. Los TCP del vuelo 1210 solo le obedecen a él, salvo

Beatriz García, una morena muy simpática que trabaja conmigo en mi ruta, y que pedí que me dejaran traer a esta, para que me ayudara.

—¿TCP?

—Sí, perdone. Olvidé que usted no tiene por qué estar familiarizado con nuestra terminología. Quise referirme al sobrecargo, a las azafatas y demás auxiliares de la tripulación de cabina encargados de la seguridad y atención a los pasajeros.

—¿Alguien le informó sobre un incidente dentro del avión?

—Sí. Una hora y veinte minutos antes del aterrizaje, poco después de que encendiéramos las luces de la cabina de pasajeros, Beatriz, entró muy alarmada a la cabina y nos participó que una de las pasajeras de la clase ejecutiva tenía una hemorragia. Pedí por los altavoces la colaboración de cualquier médico o paramédico que se encontrara en el vuelo y notifiqué de la circunstancia a la torre de control, para que a su vez ordenara a los servicios de tierra tener lista una ambulancia y que notificara lo pertinente al hospital y a las autoridades competentes.

—¿Sabía usted que la dama había fallecido?

—No. En ese momento solo había sido informado de una hemorragia.

—¿Alguien respondió a su solicitud de un médico?

—Sí, un caballero que se encontraba en la misma clase ejecutiva.

—¿Cómo se llama?

—Lo ignoro. Habría que preguntárselo a las azafatas o a Torres. Yo no lo vi.

—¿Cuándo tuvo usted conocimiento del fallecimiento?

—Cuando el médico certificó su muerte y Torres entró en la cabina con el sobrecargo para informarme de lo acontecido.

Después Beatriz me comentó que Torres le había ordenado calmarse, porque según él estaba alarmando a los pasajeros y que él mismo le había recomendado decir que la pasajera solo estaba mareada, que había vomitado. También le ordenó cubrir con una manta la sangre del pasillo, para que no se impresionaran a los viajeros.

—¿El copiloto ordenó eso? ¡Qué bárbaro! ¿Está seguro de que es un piloto profesional?

—Supongo, aunque no sé cómo se ganó el título.

—¿Y usted no se levantó de su poltrona?

—No, no podía hacerlo.

—¿Y su copiloto?

—El capitán Torres tampoco lo hizo.

—¿Tiene usted algún procedimiento a seguir para casos similares?

—Sí, para casos de emergencia, infartos, desmayos, muertes naturales, etc., que son relativamente frecuentes, pero no para un asesinato.

—¿Un asesinato? ¿Quién le dijo que había sido un asesinato?

—Es lo que me dijo Beatriz cuando regresó a la cabina. Tenía las manos llenas de sangre.

—¿Puede decirme los nombres de los dos policías que viajaban de incógnito en el avión?

—¿Viajaban dos policías? No lo sabía capitán. A veces viajan algunos, pero no se notifica ni a la tripulación ni a los pasajeros. Si no, no serían policías de incógnito.

—Es usted muy sagaz, se ve que las líneas aéreas seleccionan muy bien a sus capitanes, ¿Alguien verificó si el señor que atendió a la emergencia era en realidad médico?

—No creo. Pidió un estetoscopio, le tomó la presión arterial, el pulso, le colocó un espejo y declaró que estaba muerta.

—¿Cómo se enteró usted de todo lo que hizo ese supuesto doctor?

—Me lo dijo la misma Beatriz.

—¿Y en los procedimientos de emergencias no existía ninguna norma para indagar si quien se presenta como médico está legal y profesionalmente capacitado para ello?

—La verdad es que no recuerdo. Uno confía en la buena fe de quien acude para colaborar como médico o paramédico.

—¿Está usted en conocimiento de que ese supuesto médico y las azafatas pudieron haber alterado la escena de un crimen?

—En ese momento, no tenía información alguna de que se tratase de un crimen. Tenemos emergencias médicas varias veces por mes.

—Pero la azafata le dijo que una pasajera había fallecido. No le correspondía a usted juzgar si había sido o no sido una muerte natural. En un caso tan grave como ese, todo el avión, incluyendo tripulación, pasajeros y carga estaban bajo su responsabilidad.

—No sé. Es posible. No tengo mi abogado aquí. ¿Me está interrogando como indiciado? Si es así, me gustaría llamar a mi abogado.

—Usted y todos los que iban en ese avión, son en este momento sospechosos de un crimen, y serán interrogados.

Vaya llamando a su abogado, lo va a necesitar para salir de este aeropuerto y de la cárcel.

—Pero dentro de cinco horas tengo que proseguir otro vuelo, ¿cuánto tendré que esperar?

—Espero que no mucho, puede ser solo cosa de días, o de meses, quizás de años; sin embargo eso dependerá de la habilidad de su abogado y del dinero que tenga para pagarle. ¡Suerte!

—No estoy evadiendo mi responsabilidad, capitán Campbell y no quiero que me malinterprete.

Nada tengo que esconder, y si incurrí en alguna falta en cuanto al procedimiento de la emergencia, afrontaré las consecuencias; pero tengo una impecable hoja de servicios, soy inocente y quiero ofrecerle toda mi ayuda y colaboración.

Para decir la verdad no necesito que mi abogado me asista. Pregúnteme lo que quiera. Le responderé sinceramente y firmaré lo que tenga que firmar.

—Ahora sí empezamos a hablar el mismo idioma, capitán Balda. Si nos apuramos, puede ser que usted salga hoy mismo.

El subinspector Felipe Maita levantará el acta. Dígale todo lo que me dijo a mí y conteste las preguntas que adicionalmente él le haga.

Le haremos algunas pruebas para determinar si tuvo contacto con sangre, le tomaremos huellas y algunas muestras de ADN, ¿está de acuerdo?

—Totalmente, capitán.

—Bien, gracias. Fue en placer conocerlo.

X

—Buenas tardes, señorita Beatriz. Está usted de suerte, le tocó el inspector más buenmozo y simpático de la policía. Se salvó de caer en las garras de Felipe, mi subinspector.

—Es un honor inspector. ¿En qué puedo ayudarlo?

—¿Es usted la azafata del vuelo 1210?

—Sí, pero somos varias.

Estoy en trabajando en ese vuelo, porque el capitán Balda me pidió que lo ayudara, cuando lo encargaron de la suplencia. Fue difícil para mí, porque prácticamente no conocía a nadie más.

—¿Conocía al capitán que se fue de vacaciones?

—Sí, él no era malo, pero no se puede comparar con el capitán Balda.

—¿Y conocía al copiloto?

—¿A Torres? Nunca lo había visto antes de este vuelo.

—¿Cómo llegó usted a este avión? ¿Quién la contrató?

—*Soy azafata profesional y aprobé el curso para TCP. La gente piensa que las azafatas y los azafatos son simples mesoneros, pero...*

—*¿Perdone, dijo 'azafatos'?*

—*Sí, capitán, normalmente somos mujeres, pero también hay hombres que se encargan de la atención y de la seguridad de los pasajeros. La palabra azafata viene de una especie de bandeja que hace siglos usaban las damas importantes para llevar a la reina las ropas que usaría durante el día. Era un alto honor hacerlo.*

Las azafatas hacemos cursos especiales en los cuales recibimos lecciones no solo sobre cómo servir bebidas y comidas, sino, entre muchas otras cosas, la forma de tratar a las personas mayores, a los niños, a los enfermos, a los pasajeros nerviosos; cómo tranquilizar, cómo hacerles más grato el viaje a todos, y, lo más importante, cómo hacerlo más seguro. Para ello, debemos aprender a manejar algunas situaciones delicadas o de emergencia. Si antes eso era difícil, ahora lo es más por las amenazas terroristas.

—*¿Reciben instrucción sobre cómo comportarse si hay un asesinato en el vuelo?*

—*Sí, tenemos algunas directrices sobre cómo tratar a los pasajeros en caso de un ataque terrorista, incluso si hay víctimas mortales; cómo* evitar que cunda el pánico; cómo detectar entre los pasajeros posibles sospechosos, etc.

—¿Pero si se trata de un homicidio que no sea un acto terrorista, saben manejarlo?

—Para serle sincera, hoy me di cuenta de que no estamos del todo preparados para atender una emergencia como la que se presentó en el vuelo 1210.

—¿Por qué? ¿Cómo lo notó?

—Porque no sabía qué hacer, y las personas que debían darme las instrucciones, en lugar de dármelas se encerraron en la cabina a discutir.

—¿Quiénes eran esas personas que debía darle las instrucciones?

—El capitán Balda, el copiloto Torres y el sobrecargo.

—¿Qué discutían? ¿Qué hace un sobrecargo? ¿Y quién era en el vuelo 1210?

—Es como un jefe de azafatas, dirige, supervisa y controla a las azafatas. El sobrecargo del vuelo 1210 era Gonzalo Arias.

—¿Qué discutían, Beatriz?

—Discutían sobre quién había colocado a la joven en la poltrona al lado del señor Rushmore. Parece que hubo una confusión.

—¿Y si estaban encerrados, cómo los oíste?

—Fui al baño que da hacia la cabina para limpiarme las manos, pues se me habían llenado de sangre

—¿Y Torres?

—Torres defendió al sobrecargo, diciendo que a cualquiera podía pasarle eso; y que el señor Rushmore estaría encantando por lo de la limpieza del pasillo, porque evitaba que el hecho trascendiera, ya que cualquier escándalo podría quemarlo como hombre público.

—¿Quién verificó el 'boarding pass' de la chica?

—Afuera en el mostrador de la respectiva puerta de salida, es el personal de tierra el que, previa la presentación de los respectivos pasaportes y de la tarjeta de abordaje de cada pasajero, verifica su identidad. Se queda con parte de la tarjeta y entrega la pestaña de la misma al pasajero, para que este localice el asiento que le fue asignado. Dentro del avión, correspondía al sobrecargo o a las azafatas ayudar a los pasajeros localizar sus respectivos asientos.

—¿Así que la chica pudo haberse sentado por error en ese puesto?

—No creo. Yo la vi consultar con el sobrecargo, quien la sentó al lado del señor Rushmore; lo que me extrañó, porque los servicios de seguridad nos habían informado que no tendría acompañantes. Había puestos suficientes en la clase ejecutiva para sentar a la dama, incluso varias poltronas vacías en la misma fila, pero el sobrecargo la sentó justo al lado de él.

—¿Y eso le extrañó a usted, Beatriz?

—Sí, porque el señor Rushmore era un VIP, una persona muy importante, y según las normas de protocolo y de seguridad, había que evitar que se le sentara al lado alguna persona que lo importunase, por ejemplo, alguien de aspecto desagradable, o que le pidiera autógrafos o no lo dejare descansar. Por la jerarquía de ese VIP en especial, el sobrecargo debía estar muy pendiente de todo eso.

—¿Pudo verle la cara al embajador cuando la chica se sentó a su lado?

—El embajador muy galantemente la ayudó a colocar un maletín rosado en el portaequipaje. No noté que eso lo hubiera disgustado en forma alguna; todo lo contrario: lucía muy contento; tanto, que pensé que era una amiga, una pariente o una amante. Ese hombre es muy sencillo y educado, se le nota desde lejos.

—¿Usted les sirvió champaña?

—El señor Arias, el sobrecargo, me lo ordenó. Les iba a servir el vino que normalmente ofrecemos en la clase ejecutiva, muy bueno. Pero el sobrecargo me preguntó si no sabía quién era ese señor, y me dijo que era uno de los hombres más importantes del mundo, y que debíamos darle la mejor champaña, la reservada para los de primera clase. Él mismo buscó las botellas y me las entregó.

—¿Observó usted alguna discusión o que sucediera algo anormal entre el embajador y la chica antes de descubrir el cadáver de ella?

—Parecían dos chicos, felices y contentos, aprendiendo con las cabezas juntas, alguna nueva versión de un videojuego o algo así. La chica lo trataba como si no fuera una persona mayor sino una de su edad. Quizás sabía que era alguien conocido, pero probablemente no tenía la menor idea de que él fuese el hombre más famoso del momento. Lo tuteaba como si fuera un niño.

—¿Les dio el sobrecargo alguna instrucción especial sobre cómo tratar al señor Rushmore?

—No. Solo nos ordenó servirles champaña a él y a su compañera. La verdad es que él no parecía tener experiencia, creo que estaba más nervioso que nosotras.

—¿Su compañera? ¿Arias utilizó esas palabras para referirse a la joven?

—Sí, señor. Lo recuerdo perfectamente.

—¿Qué puede decirme de los demás pasajeros de la clase ejecutiva?

—Lo de siempre, gente de todas las nacionalidades y razas. Algunas simpáticas, otras antipáticas. Había unas señoritas muy bien vestidas y agradables; tres estudiantes que se reían mucho; una señora que acompañaba a una monja que había llegado en camilla...

—¿Una monja?

—Sí. La pobre tuvo que aguantar la conversación de su acompañante. Cada vez que me acercaba la oía regañándola, por cualquier cosa: por no hacerse los exámenes, por no comer, etc. Le exigía que durmiera, pero no la dejaba dormir con su habladera. No la dejaba ni hablar. Hasta le ordenó la comida. Cuando se la llevé, la pobre estaba dormida, pero su compañera me entregó después el plato vacío, diciendo que había logrado que se lo comiera todo.

—¿Pudo ver el rostro de la monja?

—La cofia le tapaba gran parte de la cara. Cuando pude verle el rostro estaba dormida, usaba anteojos, era una monja mayor, canosa... su boca tenía una mueca extraña, desagradable, tenía bigotes...

—¿Bigotes? ¿Como los del capitán Harry?

—No tanto, inspector, pero tenía una sombra gris verdosa entre la nariz y el labio superior, y algunos vellos.

—No tenía un aspecto muy dulce... ¿Vio salir a la monja del avión cuando llegaron al aeropuerto?

—Sí, la señora que la acompañaba pidió la silla de ruedas y la mujer salió con ella.

—¿Se subió ella misma en la silla de ruedas o la acompañante la ayudó?

—Ella misma se montó, pero le costó. Después, un empleado de la línea la ayudó.

—¿Cómo era la acompañante?

—No la detallé mucho. Era una mujer regordeta, antipática, de voz chillona. Usted sabe que cuando alguien va con una monja pasa desapercibido. Uno a quien ve es a la monja. No sé por qué, pero es así.

—Cierto.

—Dijo que un empleado de la aerolínea la ayudó. ¿Subió alguien al avión para ayudarla?

—Todas las aerolíneas tienen empleados que se encargan de eso.

—¿Conocía usted al empleado que subió al avión para ayudar a esa monja?

—Tiene años en ese oficio.

—Le ruego suministrar al subinspector Maita toda la información que tenga sobre ese empleado. Y si recuerda algo más con relación a la monja o a su acompañante, por favor, llámeme a la central de policía.

—Así lo haré.

—¿Hubo alguien más que le llamara la atención?

—Había un señor mayor que estuvo todo el tiempo acosándome. Cada vez que pasaba al lado de él, aprovechaba para rozarme y tratar de hablar conmigo. Siempre estaba pidiendo algo, hasta me pidió un beso. Pero una está acostumbrada a esas cosas. Como le dije, en los aviones hay de todo, niños, jóvenes, personas de la tercera edad, buenos y malos, tranquilos e intranquilos, educados y maleducados, monjas y sádicos...

—¿Usted comunicó al capitán Balda que la joven había sido asesinada? ¿Cómo llegó a esa conclusión?

—El médico dijo que había sido apuñalada y que acababa de morir.

—¿Qué acababa de morir? ¿Está segura? ¿No le dio hora?

—No, inspector. Solo que acababa de morir, pero estaba muy fría.

—Gracias, Beatriz. ¡Espere! Sé que está muy cansada y que su día ha sido fuerte y desagradable, pero ¿tuvo oportunidad de hablar con el doctor que certificó la muerte de la joven?

—Sí, inspector. Era un hombre gordo, barrigón, con un bigote que ocultaba su boca, que parecía pintado, tenía papada. Usaba lentes oscuros. Me dijo que era médico graduado y me pidió que le prestara un estetoscopio y un espejo. Se los di.

Él bajó el cuerpo de la poltrona al piso, como si quisiera acostarla, pero no lo logró porque estaba muy rígido y frío. Quise ayudarlo y noté que la mano de la joven estaba tiesa y helada. Nunca había tocado un cadáver. Comenté eso al doctor, y él me respondió, 'Es el frío de la muerte', me apartó y dijo que no me preocupara, porque estaba acostumbrado a esas cosas.

Me devolvió el espejo que le di, pero no el estetoscopio. Después más nunca lo vi, ni en el avión ni en el aeropuerto.

—¿Usaba lentes oscuros dentro del avión? ¡Qué raro! ¿Conserva usted ese espejo?

—Sí, inspector. Me da pena decirlo, pero me dio asco porque el hombre había tocado el cadáver con mi espejo. Lo envolví en una servilleta para botarlo, pero al salir del avión sus hombres decomisaron mi bolso. Puede tomarlo, si quiere.

—Muy amable de su parte, trataremos de obtener alguna huella para identificarlo. ¿Tuvo usted oportunidad de ver el rostro de la difunta cuando el médico la bajó al pasillo?

—No, inspector. El médico la cubrió totalmente con mantas. Solo pude tocarle la mano, ni siquiera verla.

—¿Qué comida sirvieron durante el vuelo?

—Pasta napolitana o pastel de carne, a elección del pasajero; verduras, una torta dulce y frutas. También servimos pan, mantequilla, café, té o jugos de naranja, manzana o durazno. En la clase ejecutiva, había adicionalmente una selección de vinos. En primera clase, teníamos un menú de platos especiales, preparados por un chef de prestigio. La joven se decidió por la pasta, y el embajador por el pastel de carne.

—Una última pregunta y no la molesto más por ahora. ¿Dónde estaban sentados los dos policías que viajaban en el vuelo 1210?

—No tengo la menor idea, inspector. Apenas descubrí que había sangre en el asiento de la chica, salieron como por arte de magia, y tomaron control de la situación. Lo que sí puedo asegurarle es que no estaban antes de eso en la clase ejecutiva. Probablemente iban en la clase económica.

Debí suponer que eran policías, tenían cara de malhechores, perdón, no quise decir eso. No se ofenda...

—No se preocupe, no me ofendió. La línea que separa a los policías de los delincuentes a veces es muy tenue. Hay casos en los que uno no sabe en cuál de los dos lados está, si del de la ley o del otro.

Muchas gracias, Beatriz, más tarde, cuando haya descansado algo y se le haya pasado el susto, le ruego preguntar por mi asistente, el subinspector Felipe Maita, para que elabore con nuestro técnico los retratos hablados de esos dos presuntos policías, de la monja y de su acompañante, y de su enamorado en el avión.

Pídale también a Felipe una foto de él, le servirá para espantar los mosquitos y los murciélagos.

XI

—*Tome asiento, señor Rafael Torres. Es un placer conocerlo.*

—*Igual para mí, inspector Morles.*

—*Es usted capitán de aviación, y era el copiloto del vuelo 1210. ¿No es así?*

—*Sí, tengo muchas horas de vuelo, más que el capitán Balda.*

—*¿Sí? ¿Y teniéndolo a usted, por qué le dieron la suplencia a él y no a usted?*

—*Porque yo no me acuesto con la hija del dueño de la aerolínea, inspector.*

—*Es una buena explicación, capitán Torres. Me convenció.*

—*Me alegro. ¿Puedo irme ya?*

—*No tan rápido. He oído rumores de que usted y el capitán Balda discutieron en el avión.*

—*Sí. Todos los días discutimos por lo mismo.*

—*¿Por el mismo empleo?*

—*No, por la misma mujer.*

—*¿Está enamorada de ambos?*

—No, ambos estamos enamorados de ella, que no es lo mismo.

—Me gusta su estilo, claro y directo.

Los TCP afirman que no tuvieron directrices claras y precisas cuando descubrieron el cadáver.

—Es lógico. Desde que el capitán Balda fue nombrado piloto del vuelo 1210, he dudado de que él sea capaz de encontrar el aeropuerto de destino. Ese hombre nunca habla claro, siempre utiliza un lenguaje resbaloso, ambiguo, para esconder su ignorancia.

—Pero usted también estaba obligado a dirigir y orientar a los TCP, a las azafatas.

—El capitán Balda era el responsable de eso, detective. Era el comandante del avión. Yo solo tenía que ejecutar sus órdenes.

—Pero quienes terminaron dando las órdenes fueron usted y el sobrecargo.

—Sí.

—¿Dio usted la orden de limpiar la sangre del pasillo?

—¿Yo? Jamás, inspector, eso habría sido un delito.

—Pero el sobrecargo le dijo a Beatriz, la azafata, que usted le había ordenado eso, para proteger la reputación de Rushmore.

—¿Beatriz? ¿Beatriz García? ¡Ah, ya caigo! Esa basura me odia, detective, porque un día la encontré en una situación embarazosa de la cual casi sale embarazada, y lo reporté a la directiva. Desde entonces ha tratado de destruir mi carrera. Esa mujer es una máquina de fabricar enredos, no le crea nada de lo que diga.

—Si no fue usted, ¿quién dio la orden de limpiar la sangre?

—Pudo haber sido el capitán Balda, o el sobrecargo, inspector. Yo estuve todo el tiempo en la cabina. También pudo ser la misma Beatriz, actuando por su propia cuenta. Está acostumbrada a eso, y es probable que ahora haya alegado que ejecutó una supuesta orden para evadir responsabilidades.

—Dígame capitán Torres: ¿Hay un baño especial para los tripulantes en la cabina?

—Hay dos, pero por normas de seguridad son privados y están dentro de la propia cabina. También existe un área que las tripulaciones de relevo utilizan en los viajes largos para descansar, mientras la otra tripulación se encarga de los mandos.

—¿Pueden ser oídas las conversaciones de los tripulantes desde otros baños?

—Es posible, inspector. He oído a las aeromozas conversar fuera de la cabina, Normalmente hablan alto. Las paredes de la cabina, aunque reforzadas, son delgadas y están hechas con materiales livianos. ¿Desde los baños, dijo?

—Sí, desde unos baños que dan hacia la cabina.

—No sé, detective. Nunca entro a esos baños, sino a los nuestros.

—¿Y el cuarto para las tripulaciones de relevo, tiene otro baño?

—Bueno, más que 'cuarto' yo lo llamaría un área reservada o delimitada por tabiques y cortinas. No tiene baño, aunque sí algunos armarios y butacas para dormir y descansar. Ese 'cuarto' es a veces utilizado con otros fines. El capitán Balda le puede informar mejor sobre ese punto.

—¿Estaba la tripulación de relevo dentro del avión?

—Tenía que estar Era un vuelo de larga duración. Hablé largo rato con el capitán de relevo, Rudolph Lerner, antes de que se encerrara para reposar, si es que lo que hacía puede llamarse de esa manera. Rudolph es un excelente piloto, duro, exigente, serio, pero así tiene que ser.

—¿Parece que usted no cree que reposó mucho?

—No debería decirlo, porque 'entre bomberos, no nos pisamos las mangueras', pero cuando está en el avión, Rudolph es mujeriego. Siempre invierte parte de su tiempo de reposo con mujeres. Hablé con él antes de despegar y luego también conversamos. Me presentó a su novia y después me guiñó el ojo y me dijo que irían a descansar, y se quedó encerrado con ella por unas ocho horas. Pero no lo culpo, después le tocaría manejar el Airbus durante más de doce horas seguidas.

—¿Doce horas seguidas? ¿Y eso está permitido? ¿Vio salir a Lerner después?

—Es mucho tiempo, no debería estar permitido, pero las aerolíneas nos sacan el jugo a los pilotos, y se hacen la vista gorda. Para nosotros también es conveniente, porque cobramos más horas. Puedo garantizarle que Lerner no salió mientras las luces estuvieron apagadas, ni por lo menos dos horas antes de que se apagasen, ni hasta una hora después. Además, su azafata me preguntó varias veces si él había salido, porque quería preguntarle algo, pero él y la muchacha ni siquiera comieron.

—¿Estuvieron casi todo el tiempo encerrados?

—Eso es absolutamente normal. Las tripulaciones de relevo están obligadas a reposar varias horas, antes de asumir sus funciones. No hacerlo, sería una grave falta a su contrato.

—¿En alguna oportunidad la amante de Lerner salió del cubículo?

—Después que se encerraron, ella salió en dos ocasiones, ebria, una para ir al baño; y otra para pedirme más champaña. Era una mujer de pelo negro azulado, labios rojos, y estaba vestida con oscura ropa de invierno: pantalones, botas, chaqueta. Cuando entró no estaba ebria y llevaba un abrigo en la mano.

—¿Cuánto tiempo estuvo ella fuera del cubículo?

—Durante dos o tres minutos, cinco como máximo, en cada oportunidad.

—¿Y el copiloto de relevo?

—Estuvo reposando y conversando con las azafatas al fondo del avión, en el módulo de servicio. Se acostó a dormir y de allí no salió hasta que aterrizamos.

—¿Tenía equipaje?

—Sí, llevaba dos maletas, una más grande que la otra, y un maletín pequeño; todas negras y con ruedas.

—¿Dónde las guardó? El maletín se lo guardé yo en el portaequipaje; y las dos maletas, como no cabían, se las puse en el mismo armario de los abrigos y trajes largos.

—¿El copiloto de relevo bajó las maletas cuando descendió del avión?

—Sí, yo mismo se las di.

—¿Eran muy pesadas?

—Lo normal. Frecuentemente llevamos más que nuestra ropa. Usted sabe que los pilotos a veces hacemos favores a nuestros familiares y amigos, que nos piden que les llevemos o traigamos algunas cosas.

No es un gran negocio, pero, si uno sabe administrarse, representa una buena utilidad, porque no pagamos impuestos ni transporte.

Sin embargo, llega un momento en que uno se cansa de estar haciendo favores y buscando a toda carrera los encargos. Además, tenemos gastos difíciles de cobrar.

—¿Y los funcionarios de aduana no los revisan?

—¿Los de la aduana? Qué va, a esos les pagamos su comisión: un chocolate, una botella de licor o algunos dólares y euros, dependiendo del tamaño o volumen y del valor de lo que vaya en las maletas, y también nos hacen encargos.

A las azafatas sí las revisan, y hasta las pasan por las máquinas para verlas desnudas, a menos que vayan con nosotros.

—Creo que me equivoqué de profesión, debí estudiar para aviador civil. O para inspector de aduanas.

Muy amable, señor Torres. Posiblemente lo molestaré de nuevo.

—Siempre a su orden, inspector.

XII

—*Buenos días, Henry. ¿Cómo estás?*

—*Muy bien, capitán Campbell. ¿Y usted? ¡Hola, Pablo!, qué agradable sorpresa verte de nuevo tan pronto por aquí, hace pocas horas te fuiste agotado para tu casa. ¡Qué rápido descansaste! ¿O es que tu esposa no te dejó entrar?*

—*Me devolví para levantar el ánimo y divertirme. Los vivos me aburren. Me encanta visitar a los muertos; ya que aunque no lo creas, hablan más que los vivos y no mienten ni dicen tonterías. ¿Ya revisaste el cadáver de la hermosa pelirroja, Alba Clairmont, la del avión?*

—*Sí, Pablo. Pero lo de hermosa, lo dijiste tú, no yo. No es que sea fea, es una mujer normal, con la belleza de una mujer de unos cincuenta años, de contextura mediana. Ha sido madre, pues tiene una antigua cicatriz de cesárea.*

Muestra también una herida profunda, más reciente, en el pecho, hecha después de la muerte con un objeto punzo penetrante, quizás un picador de hielo o un estilete muy agudo, que le destrozó el ventrículo izquierdo.

Para determinar si esa herida fue anterior o posterior a la muerte, entre otras pruebas, lavamos el cadáver: los coágulos se desprendieron fácilmente; lo que indicó que la herida del punzón fue posterior a la muerte; de lo contrario, habría sido difícil que se despegaran.

—¿Cincuenta años? Cada minuto que pasa, Alba Clairmont envejece un año: según Rushmore tenía unos dieciocho años; de acuerdo con los documentos que presentó al comprar su pasaje, tenía cuarenta, y ahora tú nos dices que era una persona de medio siglo. O envejece muy rápido o son diferentes personas.

El capitán Harry fue directo al grano:

—¿La mujer que está aquí, en la morgue, es pelirroja natural o pintada?

—Es de piel morena, cabellos grises y ojos pardos, pero de pelirroja, nada, ni natural ni pintada. Probablemente una madre de familia normal y corriente. No tiene pinta de delincuente. Poco antes de morir había comido pescado y mariscos.

—¿Estás seguro de que es la misma dama a quien asesinaron en el avión?

—Sí, Pablo. Yo mismo levanté el cadáver y lo traje a la morgue. Por eso me extrañó que dijeran que se trataba de una joven, bella y linda profesional del modelaje. Es una mujer madura.

Ah, Pablo, un dato que te interesará: No murió por las heridas, sino por envenenamiento. Aunque puedo estar equivocado, estoy seguro de que las heridas punzo penetrantes tenían por finalidad evitar que nos fijáramos en los síntomas del veneno, distraer nuestra atención. Todavía estamos examinando las muestras para determinar el veneno.

—¿A qué hora murió, Henry?

—Yo diría que unas treinta horas antes de llegar aquí, más o menos, pues está en la llamada 'fase de estado' del rigor mortis, en la que a diferencia de la 'fase de instauración' no es posible forzar los músculos para llevarlos a otra posición. Después de las treinta y seis horas, los músculos comienzan a recuperar su laxitud, pero eso no había ocurrido.

Este cuerpo está en la fase intermedia del rigor mortis. Y hay algo más: tiene señales de haber sido congelado previamente. El frío produce unas quemaduras características, inconfundibles. Es más, el cadáver fue congelado estando sentado en una silla o algo parecido.

—¿Congelado?

—Sí, posiblemente para dificultar la determinación de la fecha y hora exactas de su muerte...

—Se supone que a esta mujer la asesinaron una o dos horas antes del aterrizaje, si calculamos otras tres horas para traerlo y que tú lo examinaras, eso equivaldría a unas cinco horas, y dices que para entonces tenía treinta horas de muerta.

Pero hace unas ocho horas esta mujer estaba viva, tomando champaña, seduciendo a su vecino de puesto y celebrando su próxima boda con otra persona. Dime, Henry, ¿tenía la dama pecas en el pecho?

—No, Pablo. No le vi ni una.

—¿Podrías hacerle las pruebas dactiloscópicas? Es posible que ni siquiera se llame Alba Clairmont.

—Ya le tomé todas las huellas, y tengo lista la orden al departamento de identificación para que determine su verdadera identidad. Si tú me la firmas, en pocas horas obtendrás la información que necesitas.

—Gracias, Henry. Di a tus difuntos amigos que pronto regresaré para continuar charlando con ellos, pero a solas, porque tú eres muy chismoso.

—Sigue burlándote de mis amigos, y lo más probable es que te quedes aquí, hablando con ellos por toda una eternidad. Sería el peor castigo para estos difuntos.

—Es la envidia que me tienes la que te hace decir esas cosas, Henry, porque yo salgo y disfruto de la vida. Sin embargo, debo reconocer que si no es por ti y por tus difuntos, no habría descubierto ni un solo caso.

—¡Cállate, Pablo! Vas a hacer que Henry renuncie y se vaya a parrandear como todos ustedes... Una petición más, Henry: ¿Podrías darme una foto del rostro de la señora Clairmont? Hay contradicciones sobre el aspecto de la víctima. Me gustaría enseñarle la foto al señor Rushmore para ver si la reconoce como la dama que en la aeronave ocupó la poltrona vecina a la suya.

—Claro, capitán, tengo varias fotografías aquí. Tome la que le parezca mejor.

—Chao, Henry. Gracias. Has sido muy útil, como siempre.

XIII

—*Parece que Rushmore nos dijo la verdad, capitán. Esa mujer no pudo ser la misma joven y bella pelirroja del traje azul, con el pecho lleno de minipecas.*

—*Hasta ahora las únicas personas que la han descrito así han sido Beatriz, la azafata, y el mismo Rushmore, Pablo. No nos precipitemos. No siempre se debe confiar en lo que te dicen. Él sigue siendo el principal sospechoso. No bajes la guardia.*

—*En el vuelo 1210 no sirvieron pescados ni mariscos, sino pasta napolitana o pastel de carne, verduras y frutas. Es posible, no obstante, que la víctima haya ingerido pescados y mariscos en su casa o en cualquier restaurante antes de montarse en el avión, para no tener que probar la comida que las líneas aéreas sirven a bordo. Eso lo entiendo y lo respeto. Yo habría hecho lo mismo.*

Pero además de si la dama era bella o fea, delgada o gorda, joven o vieja, hay algo que no podemos soslayar, capitán, una verdad del tamaño de una catedral: la mujer del avión tenía varios días muerta cuando su sospechoso principal, el señor Rushmore, abordó el avión; por lo que no puede imputársele ese crimen.

Esa dama no se montó en el avión: la montaron en él, muerta, congelada y sentada, para hacer-

la pasar por la joven. Sencillamente no pudo ser la misma mujer de bellos pechos bañados por un hilillo de minúsculas pecas que estuvo sentada al lado de Rushmore durante el viaje. ¡Hubo una suplantación!

—¿Entonces hubo dos mujeres?

—Sí, capitán. Se trata de un montaje para atemorizar y desprestigiar a Rushmore y al tratado que el promovió y que gracias a él se firmó.

—¿Y la otra mujer, Pablo, la joven de los pechos bellos?

—Es evidente que la primera dama, la bella joven, si no fue la autora, habría sido otra víctima o una cómplice en el asesinato de la segunda. También es obvio que esa joven es una de las pasajeras, pues nos consta que estuvo dentro del avión, sentada al lado o sobre Rushmore, y que sepamos, ninguna mujer con esas características se bajó del mismo o salió del aeropuerto.

Debe haberse disfrazado, capitán. Tengo una enorme curiosidad por ver a esa chica. Ojalá que todavía esté viva. Pero no solo hubo dos mujeres, capitán. Existió una organización de apoyo, una organización criminal, despiadada, macabra. La joven, sin ayuda, no habría podido montar el cadáver de la otra en el avión. Hay cómplices.

—¿Temes que a la joven la maten sus propios cómplices, Pablo?

Pablo respondió tuteando al capitán, como solía hacerlo cuando estaban solos y quería hablar con él más como un hijo que como un subordinado:

—Quienes fueron capaces de urdir un asesinato como ese, solo para inculpar a un hombre famoso, pueden hacer cualquier cosa, Harry. ¿Pero, por qué no lo hicieron directamente matando solo a la bella mujer? ¿Por qué hacerlo en dos etapas? Te confieso que no entiendo la razón de dos asesinatos, cuando uno era suficiente para lograr su objetivo y con menor riesgo.

Rushmore está en peligro, Harry, y con él, la paz del mundo. ¡Sácalo ya del aeropuerto! Llévatelo a otro lugar, donde nadie pueda reconocerlo, con otra identidad. Que ni el FBI se entere. Aquí está rodeado de asesinos, para quienes su vida es un trofeo o un pasaporte a la eterna felicidad.

Pudieron haberlo matado a él en esa poltrona del avión, con la misma arma blanca o echándole cianuro o arsénico en la copa, pero eso no les basta: quieren deshonrarlo antes, para que sufra y para que su obra también se destruya. Ese hombre sabe de conferencias, reuniones, diálogos y tratados, pero no sabe de guerras.

Se hizo un profundo silencio. Harry condujo su vehículo oficial hasta el puesto del edificio donde tenía su sede la más grande e importante dependencia policial del país, pero no se estacionó. Dio una violenta vuelta en 'U' y salió a toda prisa de la edificación, para regresar al aeropuerto.

Entonces rompió su silencio para responderle en el mismo tono afectuoso, familiar:

—Tienes razón, hijo mío, como siempre, tienes razón. Para disimular tu corazón de oro te haces el rebelde, impetuoso y maleducado, pero yo te conozco desde que llorabas por tus padres en mis brazos. Muy pocos seres humanos tienen tu portentosa inteligencia y tu olfato policial.

Este caso es mucho más grave de lo que parece, tiene dimensiones internacionales, que escapan a mi mente de policía pueblerino. Pronto llegarán los agentes del FBI y de otros países y enredarán más esto, con graves consecuencias para un diplomático que siempre ha luchado para que los demás vivan en paz, y a quien estamos en el deber de proteger.

Yo solo confío en ti, Pablo. Las veces que lo he hecho, hemos triunfado. Quizás yo no sea el mejor detective del mundo, pero tengo una rara virtud: Sé equivocarme solo. No necesito asesores internacionales para cometer errores.

Si aceptamos la intervención de policías internacionales y sale algo bueno de aquí, dirán que el mérito fue solo de ellos; pero si algo sale mal o muy mal, de todas maneras, aunque hubiésemos seguido fiel y exactamente las instrucciones de esos asesores extranjeros, nos achacarán toda la culpa a nosotros.

Así que vamos a resolver este asunto nosotros solos, como lo hacíamos tu padre y yo, cuando éramos patrulleros. ¡Lo primero es evitar que maten a Rushmore!

—Todo lo que sé, todo lo que soy, te lo debo a ti, papá. Tú eres el verdadero gran detective. La inteligencia que me atribuyes es tuya, no es la mía. Yo solo trato de seguir tus pasos, de pensar como lo habrías hecho tú. Soy parte de tu mente, en un cuerpo más joven.

Harry no pudo responderle. Su rostro estaba lleno de lágrimas, Era la primera vez que Pablo lo llamaba papá... Hasta ese momento, Pablo había reservado esa expresión para referirse a Diego Morles, su padre natural.

XIV

—¿Lo interrumpimos, señor Rushmore? Si quiere puede seguir descansando. Podemos venir más tarde. Trabajo tenemos de sobra.

—No interrumpe descanso alguno, capitán. La verdad es que no he podido dormir ni un minuto. Estoy despierto, pero viviendo una pesadilla. Mientras más pienso en lo que me está pasando, más confusiones, angustias y temores me asaltan.

Debo confesarle que no estoy preparado ni emocional ni profesionalmente para esta situación. Llamé a mi esposa para que esté conmigo, ansío tenerla aquí. Su sola presencia y compañía me tranquilizarán. Pero me atendió una grabadora y esto es muy delicado para dejarlo en un mensaje que eventualmente podría ser oído por otras personas. Sólo le dejé dicho que la amaba y que volvería a llamarla.

—No se preocupe, embajador, ordenaré ahora mismo a uno de mis asistentes que busque a su esposa. Pero quería hablar con usted sobre su seguridad. Pablo y yo consideramos que se encuentra en grave peligro y que debe estar en un sitio más seguro, que no sea ni su casa ni este aeropuerto, donde muy posiblemente esté el asesino. Si nos lo permite, podríamos trasladarlo provisionalmente, bajo otra identidad, a un sitio que en ocasiones utilizamos para la protección de testigos, donde estaría permanentemente *custodiado durante unos dos o tres días, mientras aclaramos este asunto.*

Otras organizaciones policiales, entre ellas el FBI, nos han ofrecido apoyo, pero Pablo y yo pensamos que podemos manejar solos el caso y que en este momento usted no está en condiciones, ni le conviene, que pase a instancias internacionales.

La prensa lo hará trizas, y aunque aclare su situación, siempre quedará la duda de si mató o no mató a la mujer, y sobre las causas de esa muerte. Pero usted decide, señor Rushmore, la decisión es suya.

—*Confío plenamente en usted, capitán Campbell. Sé de su prestigio como policía veterano, honesto, intachable, y de las habilidades del inspector Pablo Morles. Sean cuales sean los resultados de su investigación, me perjudiquen o me favorezcan, siempre les agradeceré el interés con que están buscando la verdad y las deferencias que han tenido hacia mi persona.*

Además, creo que tienen razón. Ni física ni mentalmente estoy en este momento preparado para interrogatorios formales y menos aún para enfrentar a la prensa. Temo las consecuencias que, para el tratado internacional que acabamos de suscribir, podría tener la imputación de un crimen en mi contra, lo que es jurídicamente factible, pues como abogado sé que hay sufi-

cientes indicios para dictarme una medida privativa de libertad.

Es posible que la joven del avión haya sido una ilusión, y que como efecto de alguna droga que me suministraron en el vuelo, crea haberla visto joven y extraordinariamente bella, y que en realidad fuese una mujer madura y de normal apariencia.

Me mudaré a donde ustedes digan, pero me gustaría que Helen pudiera acompañarme. La necesito. Nunca la había extrañado y amado tanto como ahora.

—No hay ningún problema en ello, embajador. Le prometo que en pocos minutos la tendrá aquí. No descansaremos hasta hallar la verdad. Nuestro olfato profesional nos dice que se trata de un montaje para inculparlo.

—Gracias, muchas gracias, capitán. No sé cómo agradecerle su bondad.

—Siempre a su orden. Otra cosa, señor Rushmore: Como usted mismo ha expresado, tenemos informaciones contradictorias sobre la edad y apariencia física de la señora Alba Clairmont, la víctima del avión. Prácticamente solo coinciden en que vestía un traje azul. ¿Tiene usted algún inconveniente en que le presentemos una foto del cadáver de la señora Clairmont, a los fines de su identificación? Será desagrada-

ble. Si no quiere hacerlo, no habrá problema de nuestra parte.

—*No importa cuán desagradable sea ver esa imagen, es mi deber, capitán, y yo jamás huyo de mis obligaciones.*

—*Esta es la fotografía, señor. ¿Reconoce usted a esta persona como la dama que estaba en el avión?*

La cara del señor Rushmore se transformó, como si hubiese recibido un mandarriazo. En su rostro apacible, bondadoso, conciliador, apareció una horrible mueca de espanto, de horror, de terror, incredulidad y de desesperación.

—*¡Dios mío!* Exclamó, y estalló en sollozos. *¡Es Helen, capitán! ¡Es mi esposa Helen, mi amada mujer! ¡Mi querida Helen! ¿Quién le hizo eso? ¿Por qué? Nunca causó daño a nadie... ¡Ella solo era una pobre, inofensiva y bondadosa ama de casa: mi esposa, mi amiga, mi compañera, mi vida...! Como yo, ella solo deseaba evitar las guerras...*

Se puso lívido, se llevó las manos al pecho y se desplomó.

XV

—*¡Una ambulancia, por favor! ¡Que traigan una ambulancia! ¡Es urgente! Exclamó el capitán, mientras Pablo atendía al diplomático, dándole masajes en el corazón.*

Poco después, el capitán recibió una llamada. Era Joel, del departamento de dactiloscopia.

—*Capitán, acabamos de identificar el cadáver del avión, ¿Sabe de quién es?*

—*Sí, Joel. Es el de Helen, la esposa del señor Allan Rushmore.*

—*¿Cómo lo supo?*

—*Él mismo me lo dijo. La reconoció por la fotografía y le dio algo. Lo estamos llevando a un hospital. Nadie debe saberlo.*

—*Descuide, jefe. Nadie sabrá eso. Suerte, capitán.*

A los cinco minutos una ambulancia del aeropuerto, se estacionó por la rampa privada de la dirección y dos paramédicos se llevaron, desmayado, al señor Rushmore. El capitán y Pablo se introdujeron en la ambulancia, para protegerlo, aunque los funcionarios alegaron que sus ropas no estaban esterilizadas y que podían contaminar al enfermo.

XVI

Llevarían solo unos minutos dentro de la ambulancia cuando el capitán le dijo a Pablo:

—*Mi olfato de viejo policía me advierte que caímos en una trampa, hijo. Me siento como cuando llevaba herido a tu padre en la ambulancia camino al hospital, y nos atacaron.*

No me gustó el aspecto del enfermero que conduce esta ambulancia, ni el de su acompañante. No estaban uniformados y no usaron guantes. Parecían no tener práctica al montar al embajador en la camilla. Prepárate por si acaso es un secuestro o un atentado, y tenemos que usar nuestras armas. La maldad de esta gente no tiene límites. Pero te juro, Pablo que quienes le mataron la esposa al embajador irán a la cárcel, y que pagarán bien caro ese horrible crimen, aunque me quede en el camino.

Pablo asintió y sin decir palabra alguna, sacó inmediatamente su Colt 45 y, evitando hacer ruidos, hizo entrar la gruesa bala en la recámara, revisó el peine o cargador, y le quitó el seguro al arma. Se palpó el bolsillo de la chaqueta y verificó satisfecho que en ellos tenía dos cargadores adicionales.

No había terminado de hacerlo cuando el enfermero, que viajaba en el puesto derecho de la ambulancia, al lado del conductor, se volteó hacia ellos, asomándose por la ventanilla como si tratara de decirles algo. Fingió que les entregaría un papel, pero lo que apareció en la ventanilla fue el oscuro cañón de una pistola 9 mm; y disparó contra el capitán, quien cayó de espaldas en el piso de la ambulancia, mientras la sangre bañaba su uniforme.

Le reacción de Pablo fue instantánea, gracias a la oportuna advertencia de Harry. No perdió ni un segundo: disparó furioso en dos oportunidades a través de la ventanilla. Los fogonazos iluminaron el oscuro interior de la ambulancia. Los vidrios volaron en pedazos y el parabrisas delantero de la ambulancia se tiñó de rojo.

El chofer a duras penas trató de controlar la dirección, pero una de las grandes balas de la Colt de Pablo había destrozado la mitad del volante y parte del tablero; y otra había abierto un enorme hueco en el techo.

Sin control y a gran velocidad, la ambulancia se estrelló contra la fachada de una institución bancaria, cuyas alarmas empezaron a sonar estridentemente. Las puertas de la ambulancia se abrieron con el impacto, y Pablo aprovechó para sacar del vehículo al embajador y a Harry. Una inmensa mancha de sangre apareció en la camisa de su amado padre adoptivo.

Al notar que su compañero había quedado herido, el chofer de la ambulancia le dio un tiro de gracia en la nuca, para que no pudiera revelar quiénes le habían ordenado atacar al embajador; y, aunque estaba lesionado por el choque, logró salir por el lado izquierdo de la ambulancia.

Pistola en mano, Pablo se ubicó del otro lado, el de la calle, para cuidar y proteger a Harry y al señor Rushmore, que estaban tirados en el suelo.

En ese instante un Buick Century negro, sin placas, con vidrios ahumados, que aparentemente había estado siguiendo a la ambulancia desde cierta distancia, arrancó violentamente y se dirigió hacia ellos.

Desde el auto negro dispararon varias ráfagas de ametralladora contra Pablo y contra quienes estaban en el suelo; pero el detective, llorando de rabia y de desesperación, en lugar de escudarse detrás de la ambulancia, avanzó, y desafiante se paró en medio de la calle, con las piernas abiertas, y disparó repetidas veces su pistola contra los agresores.

Pablo sentía que no era él quien entre llamaradas, nubes de humo, olor a pólvora y ensordecedoras explosiones sostenía con ambas manos esa enorme pistola, y apretaba el gatillo, sino que quien en realidad lo hacía era el antiguo dueño del arma: su padre biológico, Diego Morles.

Las balas de gran calibre de la pistola de Pablo pegaron contra el auto que se le encimaba, levantando chispas, penetrando el acero y destrozando cristales, plásticos y tejidos. Algunos proyectiles rebotaron e hicieron caer gruesas ramas de los árboles o levantaron astillas y nubes de polvo de concreto.

Cuando se le agotó el primer cargador, el detective introdujo otro, y siguió disparando una y otra vez como un acorazado en plena batalla naval.

Una maldición y un agudo grito de dolor se escucharon dentro del auto negro, justo cuando pasó de largo, casi rozando a Pablo, quien no se había movido ni un centímetro de su posición.

Pero el chofer de la ambulancia se había escondido detrás de la abierta capota, y sin que Pablo lo observara se le había acercado y estaba a punto de dispararle por la espalda. Cuando Pablo se dio cuenta del peligro, se había quedado sin balas, era muy tarde para recargarla, y lo que vio fue la sonrisa malévola del asesino y el cañón del arma que le apuntaba directamente a la frente.

Un disparo retumbó, pero quien cayó no fue Pablo, sino el chofer de la ambulancia. Extrañado, Pablo vio a un pálido y tembloroso Harry, con su ancho pecho lleno de sangre, sosteniendo su revólver reglamentario con la mano derecha.

—*¡Gracias, papá! ¡Te debo esa! Creí que nos habías dejado para siempre, pero ya veo que* todavía no. Tienes una fea herida en el pecho, sangras mucho. Te llevaré a un hospital.

—¡Estamos a mano, hijo! Tú también me salvaste en una ocasión. Pero creo que ya he vivido lo suficiente, más de lo que yo esperaba, y ahora me quedan, si acaso, unos minutos de existencia.

No hay tiempo para llegar a un hospital. Déjame aquí y en lugar de llevarme, salva más bien al embajador. El vale más que un simple policía como yo. Dile a Sandra, tu madre, que mis últimos pensamientos fueron para ella, para Ben, para Gloria y para ti, mis muy amados hijos. Que Dios te bendiga, valiente hijo, y que perdone mis pecados. ¡Cuídate, Pablo! Esa gente es mala, muy mala.

Pablo no le obedeció. Lo primero que hizo fue llamar por su celular al subinspector Felipe Maita y dispararle, sin esperar respuesta, varias ráfagas de órdenes:

—*¡Felipe! Hubo un atentado contra el embajador e hirieron a Harry. Está muy grave. No creo que llegue vivo al hospital. El embajador no fue herido, pero también está muy grave, infartado. No tenemos tiempo para buscar otra ambulancia. Moviliza de inmediato tu 'ala móvil'.*

Envía alerta roja a todas las unidades, manda las que puedas al lugar donde estamos y acordona y toma posesión policial del área, por lo menos cuatro manzanas. Un automóvil Buick Century, negro, sin matrícula y con vidrios ahumados nos atacó y huyó en dirección oeste, vía autopista.

Asume mi puesto y ordena a la unidad aérea que lo busque y lo neutralice de inmediato. Me quedé sin balas, pero tengo el arma y las balas de Harry.

Son muy peligrosos, al menor movimiento, disparen, no vacilen. Por mi teléfono, puedes ubicar las coordenadas y el sitio exacto desde donde te llamo.

Es posible que haya más atacantes. Dentro de la ambulancia hay un hombre muerto, fue quien disparó primero contra nosotros. Lo mató su propio compañero, el conductor de la ambulancia del aeropuerto. Ese conductor está muerto o gravemente herido. Si vive, podrá darnos valiosas informaciones. Que no se nos escape.

Me llevo a Harry y al embajador. No sé todavía a dónde, pero aquí no los dejo.

Capturen las filmaciones del edificio contra el cual se estrelló la ambulancia. Detengan a cualquier sospechoso. No tengo más tiempo. Cambio y fuera.

Pablo trancó sin esperar respuesta. Sabía que Felipe ejecutaría de inmediato todas sus órdenes.

Era una importante arteria vial y Pablo detuvo a una camioneta que pasaba en ese momento.

—¡Policía en emergencia! Gritó Pablo, enseñando su placa y su pistola, e hizo bajar al conductor y a los aterrorizados pasajeros. Como pudo, montó al embajador y a Harry en la camioneta. Arrancó picando cauchos.

—¿Qué haces, hijo? ¿Adónde nos llevas? ¿Es que no te das cuenta de que llegó mi hora? Ya me despedí de ti.

—Vamos a la morgue, capitán. Usted se despidió de mí, pero no de Henry Fowler, quien también lo quiere mucho.

105

—*No tienes remedio, Pablo. Ni siquiera me dejas morir en paz.*

Y el capitán Campbell perdió el conocimiento.

Si alguien conocía la morgue de la ciudad, era Pablo. Aunque todavía no era de noche, el vigilante, Rodrigo, estaba durmiendo cuando el detective le pidió que le abriera el portón de entrada. Era un antiguo policía, que había conocido a su padre y a quien Pablo había ayudado en muchas ocasiones. Estaba acostumbrado a verlo entrar a cualesquiera horas del día o de la noche, incluso, acompañado de cadáveres. Se limitó a saludarlo amigablemente y a abrirle el portón.

Al vigilante no le extrañó que Pablo llegara en un vehículo no oficial, pero al ver la chaqueta del detective llena de sangre, le preguntó:

—¿Estás herido, Pablo?

—No, Rodrigo. Yo no. ¿Hay alguien en este momento en la morgue?

—Solo Henry y Sebastián, el bioanalista. Todos los demás se fueron.

—Avísales que estoy llegando por la puerta de atrás con una emergencia y quiero que me ayuden a bajar dos cuerpos. No sé si todavía están vivos. Por lo que más quieras, Rodrigo, no le abras ese portón a nadie, aunque sea policía u otro funcionario. A nadie, absolutamente a nadie, ni vivo ni difunto. ¿Entendiste? Si vienen a traer un cadáver, mándalos a otra morgue, dile *que esta está copada, que no cabe ni uno más. Si ves a alguien extraño, no entables conversación; y si hace algún movimiento o gesto sospechoso, dispárale primero y averigua después. Es una orden y asumo toda la responsabilidad por lo que pase.*

—Sabes, Pablo, que puedes contar conmigo, como lo hacía Diego. Estaré alerta. Por aquí no pasará ni un mosquito.

El inspector estacionó la camioneta en un oscuro rincón de la parte trasera de la casona. Henry y Sebastián llegaron corriendo, con sendas camillas.

—Si me traes unos cadáveres, antes de entregármelos deberás llenar primero la planilla, Pablo. Esas son las instrucciones.

—Espera primero a que terminen de morirse y luego te lleno todas las planillas que quieras. La cosa es más grave de lo que piensas, Henry: Hirieron a Harry y no puedo llevarlo al hospital, ni creo que haya tiempo para ello. El otro cuerpo es el del señor Rushmore, sufrió un infarto.

—¿Y me dices eso así, sin anestesia?

—Harry ha perdido mucha sangre y está inconsciente, Henry. No podemos perder tiempo. Mi tipo sanguíneo es compatible con el suyo. Toma de mí toda la sangre que él necesite. Sin límite, hasta que me desmaye. Después me recuperaré

comiéndome una vaca entera, pero ahora saca de mi cuerpo toda la sangre que puedas y dásela a él.

Llegaron a la sala de las autopsias, en la cual estaban tres mesas de granito, para colocar y diseccionar los cadáveres. Las mesas acababan de ser usadas y no estaban desinfectadas.

—Móntalos ahí, Sebastián. Pon al embajador en la mesa del extremo derecho y a Harry en la del medio. Tú, Pablo acuéstate en la del extremo izquierdo, que es más alta, para que puedas donarle tu sangre al capitán. ¿Estás seguro de que son de sangres compatibles?

—Sí, Henry, te lo garantizo. Ayer mismo lo verificamos porque tuvimos que llenar unas planillas para el seguro. No te preocupes por esas tonterías. Si entramos en shock, es que no eran compatibles.

—¿Y con el embajador, qué hacemos? Debería estar en un hospital o en una clínica privada de prestigio, bien atendido. ¡No soy cardiólogo, Pablo! Mis pacientes no tienen presión arterial. Si ese embajador muere aquí, ¿cómo explicaremos que estaba siendo atendido en una morgue, sucia, abandonada, sin equipo alguno? En cosa de minutos estarán aquí centenares de periodistas de todo el mundo. ¿Qué les diremos?

—Nada. Nada les diremos. No pueden saber que los tenemos aquí. Si se nos mueren, diremos que alguien los trajo muertos a la morgue, que los dejó tirados frente al portón, y que nosotros los recogimos y los colocamos donde tenían que estar.

—Sé que por esto, tanto tú como yo, seremos expulsados del departamento y que iremos a parar a la cárcel. Pero por Harry, yo hago cualquier cosa, hermano.

—No te angusties. Diré que te obligué a punta de pistola a admitirnos.

—Eso no estaría muy lejos de la verdad. Pero soy mayor de edad, y sé asumir mis obligaciones. Estamos los dos juntos en esto, Pablo.

—Estamos los tres en esto, porque yo también estoy con ustedes, Henry. Por mi capitán Harry hago cualquier cosa. Añadió Sebastián.

—No esperaba menos de ti, Sebastián. Lo primero es parar la hemorragia y extraer los proyectiles que tiene el pecho de Harry. No tenemos anestesia ni desinfectantes. Tendremos que usar formol o cloro. Búscame algodones y las agujas e hilos que encuentres por ahí. Después, ¿podrías encargarte de suministrar oxígeno al embajador mientras yo me encargo de la transfusión?

—No es normal que una morgue tenga oxígeno, Henry. Los muertos no respiran.

—*Por ahí hay una vieja y oxidada bombona de oxígeno, Sebastián, que hace años extrajimos de una ambulancia que se accidentó en el estacionamiento. Úsala, aunque el gas esté piche, suminístralo a Rushmore. Hay que salvarlo. Te ayudaré tan pronto pare la hemorragia de Harry y comience la transfusión. Toma el pulso y la tensión arterial al embajador. Es la persona más importante que haya visitado este lúgubre lugar.*

Durante varias horas Henry trabajó para controlar la hemorragia y extraer los dos proyectiles que el capitán tenía alojados en el pecho. Ambos habían respetado su corazón, pero habían causado graves daños en otros tejidos.

—*Ya terminé, Pablo, pero como no tenía anestesia, el pobre Harry entró en un coma profundo, estará así varios días. Lo único que nos queda es rezar a Dios para que salga de él.*

Henry estaba quitándose los guantes cuando notó que Pablo no le había respondido. Volteó hacia él y lo vio pálido, lívido, con los labios casi blancos, los ojos inexpresivos.

—*¡Pablo! ¿Qué te pasa? ¡Sebastián, ayúdame, por favor! Pablo está desmayado o muerto, ayúdame. Trae la bombona de oxígeno que le estás dando al embajador.*

Sebastián de inmediato llegó para ayudar a Henry a darle masajes de corazón a Pablo. Inmediatamente le colocó la máscara de oxígeno.

—Fue culpa mía, Sebastián. Me olvidé por completo, mientras operaba a Harry, de que tenía a Pablo acostado al lado, donándole sangre.

—Sin sangre, no podrá vivir. Henry. Ahora tendremos que donársela a él. Déjame averiguar su tipo sanguíneo.

—Busca su carnet de policía, allí debe indicarlo.

—Aquí está. Es sangre ORh+.

—La mía es compatible, Sebastián. Yo se la daré.

XIX

Transcurrieron quince días, y cuando Harry abrió los ojos, vio a Pablo tendido a su lado en otra mesa de granito, y le preguntó con voz entrecortada:

—*¿Dónde estamos? ¿Te hirieron también, hijo? ¿Cómo te sientes?*

—*Estamos en el mejor hospital del país, Harry. El más limpio y el mejor dotado. La comida que sirven es exquisita. Me acosté en esta cómoda mesa para acompañarte un rato, pero estoy muy bien ¿y tú?*

—*Muy mal.* Respondió con dificultad el capitán. *Todo me duele. Además tengo mucha hambre y una sed pavorosa*

Me siento como si no hubiera comido en varios días. Estos sueros no ayudan mucho a quitar la sed. Por cierto, las botellas están vacías.

Tengo que contarle al gobernador y al ministro lo que nos pasó hoy, si se enteran primero por los medios se disgustarán.

—*No te aconsejo llamarlos, Harry. Les darás un susto terrible. Para ellos, y para todos, moriste heroicamente cumpliendo con tu deber, defendiendo con tu vida la del embajador.*

—¿Les dijiste a todos que yo había muerto? ¿Estás loco?

—Si quieres te enseño tu acta de defunción, el acuerdo de duelo de toda la policía, y las publicaciones de tus pocos amigos y de muchos enemigos, jurando que eras un buen hombre.

—¿Me enterraste?

—No, Harry. Te cremamos hace varios días.

Cuando la caravana llegó a las puertas del cementerio, a algún imbécil se le ocurrió proponer que te lleváramos en hombros desde allí y hasta el crematorio, más de un kilómetro y en subida. De haberlo sabido, habría metido menos piedras dentro de la urna.

Tu amigo, el ministro, pronunció en el funeral unas palabras tan bellas y con tanto sentimiento que me hicieron llorar. Un batallón hizo una descarga de fusilería.

Propuse que te erigieran un busto a la entrada del edificio de la policía y fue aceptado por unanimidad. Claro, todos estaban muy alegres de que te hubieses largado, pero para disimular dijeron esas bonitas palabras.

En el cementerio no sabían qué hacer con tantas coronas.

—Obedeciendo tu última voluntad, esparcimos tus cenizas sobre tu amado Canal de Panamá.

—¿Sobre mi amado Canal de Panamá? ¡Pero si nunca he estado allí! Nunca desee estar allí.

—Yo tampoco he estado en el Canal de Panamá, pero quise aprovechar la oportunidad de conocerlo.

XX

Poco a poco se fue aclarando la mente del capitán:

—¿Y Rushmore? *Estaba muy mal de salud cuando nos atacaron. ¿Lo mataron? Si está vivo, deberías estar con él, protegiéndolo, no en este hospital.*

—*Todavía no es difunto, Harry. La ONU mandó un helicóptero y se lo llevaron a Nueva York. Le dieron una aspirina y se curó inmediatamente. Allá las aspirinas son muy buenas. Hace media hora preguntó por ti y te mandó muchos saludos.*

—*Si Rushmore está vivo, sea donde sea, no importa que yo muera, Pablo. Nuestro primer objetivo era y tiene que ser ese, el de preservar su vida, porque él preserva la paz.*

—*Gracias por sus generosas palabras, capitán, se las agradezco con el alma. Cuando desperté, no sabía dónde me encontraba, jamás me pasó por la cabeza que pudiese estar en un hospital de los Estados Unidos de América. Allá no hace tanto calor como aquí y los centros hospitalarios son un poco más aseados que esta edificación y tienen suero y oxígeno. La locura de su detective es contagiosa, porque le confieso que ya todo esto me parece casi normal.*

No me he ido ni me iré, hasta que se descubra quién o quienes asesinaron a Helen. De lo que Pablo acaba de decirle, solo es cierto que hace media hora volví a preguntar por usted, y que aquí tenemos un médico con mayores conocimientos y más sentimientos que el mejor de los Estados Unidos. Dijo con voz ronca alguien que estaba sentado en otra de las mesas de granito.

—*¡Señor Rushmore! ¿Usted está aquí? No le reconocí. Está muy cambiado, flaco, barbudo y sin camisa. ¿Qué le sucedió? ¿Lo atropelló un carro?*

—*No se incorpore, ni se impresione por mi aspecto, capitán. Quiero que sepa que les agradezco a usted, al inspector Pablo, al doctor Henry, a Felipe, a Sebastián, a Rodrigo y a todos los que me han recibido, atendido y protegido en esta casa, en la que ahora me siento como en familia. Sé que todavía estoy muy mal y que puedo fallecer en cualquier momento; pero ahora quiero seguir viviendo, solo para ayudarlos a encontrar a los asesinos de Helen. No descansaré hasta lograrlo.*

—*Tranquilo, embajador. No se altere. No hable. Si eso es lo que quiere, seguir viviendo, tendrá que mantener la calma, evitar emociones fuertes y disgustos. Usted acaba de salir de un infarto y todavía está en fase de recuperación...* dijo otra voz.

—*¡Henry! ¿Qué haces aquí? Es raro verte fuera de tu morgue. ¿Cómo te enteraste?*

117

—No he salido de mi morgue, capitán. Es usted quien vino a visitarme y le gustó la casa, porque lleva quince días instalado en ella. Me alegra verlo mejor.

—Pablo, ¡estás loco! ¿De verdad nos trajiste a la morgue? Creí que era otro de tus chistes malos. Esto es peor que las balas. Cuando el ministro lo sepa, nos despedirá a todos. ¿Y llevo aquí quince días? ¿Qué ha pasado mientras tanto?

—A ti no podrá despedirte, porque ya falleciste; y a nosotros tampoco podrá imputarnos tu muerte, porque no estás totalmente muerto. Y si nos despiden, tú, Henry, Felipe y yo montaremos una panadería y nos haremos ricos vendiendo tus famosos pasteles y bocadillos. Al embajador lo contrataremos como mesonero, pero antes tendrá que bañarse, afeitarse, ponerse camisa y usar desodorante. Así no podrá atender a nuestro distinguido público.

Lo importante es que todavía estás vivo, Harry. Y si el despido del departamento es el precio a pagar por tenerte a salvo, lo pagaremos con gusto, aunque tengamos que meternos a panaderos, y seguir soportando tu malhumor y tus regaños durante los pocos días que te quedarán de vida.

—Acepto el empleo de mesonero, inspector, dijo Rushmore. Me bañaré, afeitaré, usaré desodorante, me pondré una camisa y aprenderé el oficio. Cuando desperté del infarto y me vi acostado sobre esta sucia mesa de granito, no lograba comprender que usted había tenido la audacia de traerme a esta morgue.

Aclaro que estoy en este deplorable estado, porque como aquí no tienen ni pueden comprar alimentos ni medicinas sin llamar la atención, Pablo únicamente me ha dado gaseosas, papas fritas y hamburguesas. Pero estoy mucho mejor y perdí todo el exceso de peso. Tampoco he podido bañarme porque el agua la tienen en los mismos baldes que usan para lavar los cadáveres.

—Sí, señor Rushmore. Los traje aquí porque ambos estaban muertos, y este es el lugar al cual, según los protocolos oficiales, estaba obligado a trasladar los cadáveres. Soy muy respetuoso de las normas y procedimientos internos. No existía, ni existe por ahora, sitio más seguro y más cercano que esta vieja casona.

Nadie los buscará aquí y en la negada hipótesis de que los localicen, pensarán que con lo caras que están las balas, no tiene sentido seguir disparando contra cadáveres. Henry los atendió con el mismo amor que atiende a sus muertos. Es un gran médico que no solo sabe de difuntos, sino también de medio vivos o medio muertos, da lo mismo.

Además, la casa está tomada por los mejores francotiradores de la policía, escondidos en diversos rincones. Enterramos en los jardines

unas viejas minas que decomisamos a unos la-
drones que robaron un comando del ejército. No
se le ocurra salir sin avisarnos, porque el ruido
podría molestar a los vecinos.

Felipe buscó la camioneta en la cual los traje y
la estacionó frente a una clínica que está a unos
cinco kilómetros de aquí. Para que crean que es-
tán allí, aparcamos también en ese lugar el au-
tomóvil oficial de Harry, y rodeamos el sitio de
patrullas. Los han atacado en tres oportunida-
des; en una de ellas, volaron la nueva patrulla
de Harry. Es una lástima, era muy bella.

Nuestros patrulleros pasan constantemente por
los alrededores de esta casona, ya que les que-
da en la vía a la clínica donde supuestamente
está el embajador. Nadie imagina que en reali-
dad estamos vigilando y protegiendo esta mor-
gue. Aquí, señor Rushmore, está más seguro
que en Fort Knox.

XXI

—*¿Y Rose, Pablo?* Pregunto también el capitán. *La hija del embajador que estaba a punto de dar a luz. ¿No estará también en peligro?*

—*Rose dio a luz un bello varón. Bajo otras identidades sacamos al exterior a Rose, a su esposo y a su hijo. Regresarán cuando todo esté aclarado. Por instrucciones del embajador y de su hija, Helen fue cremada después que hicimos las experticias de rigor. Él no quiso irse con ellos, prefirió quedarse con nosotros.*

—*Gracias, inspector,* expresó Rushmore. *Es evidente que su decisión de traernos acá fue acertada, pues no nos han atacado hasta ahora en este lugar. Lo de que nadie pensaría que estábamos aquí me parece brillante.*

El lugar no es que sea muy agradable, la cama de granito tampoco es cómoda, pero me siento más seguro en esta casona que en un hospital o en una clínica, por muy modernos y vigilados que estén. Además, antes del infarto, yo los había autorizado para llevarme al lugar que ustedes considerasen más seguro. No tengo palabras para expresar mi agradecimiento a usted, detective, al capitán y al personal de la morgue. Arriesgan sus vidas y sus empleos, sus carreras, por mí.

Les agradezco también haber podido velar a Helen en esta misma morgue. No sabía que la te-

nía en la mesa del lado, cuando en la primera noche rezaba por su alma. Aunque infartado, esas largas horas de meditación me hicieron bien, porque pude acompañarla física y espiritualmente.

—Un día de estos, Pablo. Vas a provocar una nueva guerra mundial. Eres capaz de secuestrar al presidente americano y traerlo a esta morgue alegando que es más segura que la Casa Blanca.

Lamento lo de Helen, señor embajador. Me imagino que para usted fue un golpe muy duro, porque para nosotros, que ni siquiera la conocimos, fue terrible. Ha pagado usted un precio muy alto por la paz.

—La paz es un don divino, capitán, un regalo que Dios nos dio, pero que exige una constante lucha para preservarlo, para que no nos lo quiten.

Helen y yo sabíamos que corríamos riesgos personales, incluso de muerte, pero siempre pensé que un atentado estaría dirigido directamente contra mí, y traté de prepararla para esa eventualidad. Siempre le dije: 'Si algo me pasa, Helen, no quiero que mi muerte empañe tu corazón con sentimientos de odio o de venganza'.

Me tocó a mí y no a ella, el papel más duro: el de sobreviviente. Espero que Dios me dé la fortaleza y la resignación necesarias para triunfar, capitán, porque si no lo hago, mi vida no habrá tenido sentido alguno. ¡Quiero justicia, capitán Campbell, pero no venganza!

—Ya triunfó, señor Rushmore. El solo hecho de luchar, como usted lo está haciendo contra sus propios sentimientos de venganza, revela la grandeza de su alma.

En su caso, de tenerla, yo habría arrojado una bomba de hidrógeno contra los sospechosos de tan repugnante crimen.

XXII

—¿Y nuestra familia, Pablo: Sandra, Ben y Gloria también me creen difunto?

—No, Harry. Ellos también asistieron a tu funeral, vestidos de riguroso luto.

Lo más difícil fue disimular la alegría de los otros policías del departamento, que no estaban al tanto de que tu cremación era una farsa. Los pobres creen que se libraron de ti. Se van a llevar un enorme desencanto.

No te preocupes por la seguridad de tu familia: solo un suicida se atrevería a acercarse a menos de un kilómetro de ellos.

—Entiendo, hijo, pero todavía no has respondido claramente mi pregunta: ¿Creen Sandra y mis hijos que ya no pertenezco a este mundo?

—No, Harry. Apenas llegamos, antes de que se divulgara la noticia del atentado, les comuniqué que estabas muy grave y de incógnito, pero en buenas manos y en un magnífico centro hospitalario. Sabían que no podrían verte, porque eso sería arriesgar tu vida y las de ellos. Sandra dijo que si yo te acompañaba, estarías seguro. Han seguido paso a paso tu recuperación.

—¿Te comunicaste con Sandra, Pablo? ¡No debiste hacerlo! ¿Y si esa organización criminal interceptó la llamada? ¡Mi familia está en peligro!

—El único peligro que acecha a mamá, es que regreses a tu hogar, Harry. Eso sería terrible para ella.

Te garantizo que está muy feliz y que para nada le has hecho falta.

Respecto a la seguridad de las comunicaciones, Magdalena y yo desde hace años acordamos un sistema de comunicación codificado para casos muy graves, como este. Magda recibe el mensaje codificado y como todos los días visita a Sandra, en privado y bajo otra clave, le retransmite mi información.

—Es una excelente precaución. Todos deberíamos seguir tu ejemplo, Pablo, y tener un código secreto similar, para atender cualquier situación de emergencia.

Estoy admirado de tus precauciones, no te conocía esas facultades. Sandra debe estar angustiada. ¿Podrías avisarle a través de Magda que ya estoy a salvo?

—No me gusta decir mentiras, Harry, pero lo haré para que no hables tanto:

Sebastián, por favor, ¿podrías marcar en tu teléfono esta dirección? Es que no quiero utilizar el mío para enviar el mensaje, podría estar intervenido.

OK. Ahora escribe: 'No se alegren: El repugnante oso empezó a gruñir'.

Unos segundos más tarde, sonó el celular de Sebastián y en la pantalla apareció: "OK. Ya informé a la guacamaya sobre el animal".

—*Te juro, Pablo, que cuando salga de esta morgue, vas a saber de lo que es capaz este repugnante oso.*

XXIII

Pablo informó al capitán que en uno de los estacionamientos del aeropuerto habían aparecido, golpeados y amarrados, los verdaderos empleados del servicio de ambulancia, Cuando recibieron la llamada de emergencia, dos hombres los amenazaron a punta de pistola y los obligaron a entregarles el vehículo. Fueron esos asaltantes quienes se hicieron pasar por el chofer y el enfermero de la ambulancia.

—*Eso es grave, Harry, porque indica que hubo complicidad interna. Alguien relacionado con el vuelo, con el aeropuerto o con el servicio de ambulancia tuvo conocimiento de esa llamada. Pudo ser el mismo director u otro funcionario, un piloto, un tripulante, una azafata o un pasajero que se enteró justo cuando ocurrió.*

Pero no es alguien de afuera, porque no habría tenido tiempo de acudir antes de que la ambulancia partiera para atender la emergencia. Los sicarios reaccionaron casi instantáneamente. ¡Estaban dentro del aeropuerto!

El 'ala móvil' de Felipe está interrogando a los dos empleados, y siguiendo el rastro de tu llamada de auxilio: quién la recibió, quién la retransmitió y quién dio la orden de que partieran a buscar a Rushmore.

También están verificando si había alguna conexión con la oficina del director que permitiera captar esa señal.

Hasta investigamos al director del aeropuerto; su vida personal, sus relaciones, sus antecedentes, etc. Hasta ahora, aparentemente está limpio.

Como bien sabes, los dos falsos enfermeros murieron. Averiguamos sus antecedentes y parece ser que trabajaban al servicio de una empresa de computación, mas no la hemos podido detectar; pero que eran sicarios profesionales, que se vendían al mejor postor.

Uno de los enfermeros fallecidos portaba en su bolsillo fotos tuyas y del embajador.

—¿Y los dos policías que viajaban de incógnito en el avión?

—De la misma forma como aparecieron, desaparecieron. Ni en los videos se ven.

—Hay que investigarlos más profundamente, porque los policías entramos y salimos de los aeropuertos como si estuviéramos en nuestras casas. Después de habernos visto una o dos veces, nadie nos pide identificación, ni nos revisa.

—¿Qué puedes decirme de la tripulación de relevo, Pablo?

—El capitán Lerner y su novia, o lo que fuera, estuvieron todo el tiempo encerrados en su cubículo. Las azafatas lo confirmaron.

—¡Qué resistencia! ¿Ni siquiera comieron? No deben haber descansado mucho. Lo próxima vez que me monte en un avión, trataré hacerlo en uno que no tenga tripulación de relevo.

Hablas de las azafatas en plural, pero yo solo interrogué a la morena, a la Beatriz García.

—Felipe interrogó a la otra de la clase ejecutiva, la antipática. Está contento con lo declarado por la otra aeromoza y por los pilotos. Beatriz y el sobrecargo prácticamente acapararon al embajador y a su chica. La otra azafata solo intervino en puntuales ocasiones. Había más, ya que las normas obligan a mantener por lo menos una por cada cincuenta pasajeros, pero esas solo atendieron a los de la clase económica, y ni Rushmore ni la chica entraron a esa clase.

—No obstante, las azafatas de la clase económica circulan también con sus carros de comida, bebida y otros por la clase ejecutiva. Puede ser que la chica no se haya movido de su asiento para pasar a la sección económica del vuelo 1210, pero su asesino o asesina sí pudo hacerlo. 'Si la montaña no va a Mahoma, Mahoma va a la montaña'. Investígamelos a todos, sin excepción.

XXIV

Aprovechando que el embajador había ido al cuarto vecino, Harry preguntó a Pablo:

—*¿Crees prudente, Pablo, que Rushmore oiga todas nuestras conversaciones, planes y estrategias? La chica apareció muerta a su lado, debería ser, al menos, sospechoso.*

—*Ambos llevamos días encerrados aquí, esperando ansiosamente que despertaras. Durante ese tiempo he analizado a fondo al señor Rushmore, sus reacciones, su comportamiento, lo he oído llorar y rezar por el alma de su Helen. Un criminal podría engañarme durante unos minutos, pero en muy poco tiempo lo habría descubierto.*

Durante esos días muchas veces me hice la misma pregunta, ¿Y si fue el asesino? Pero siempre que me la hago, inmediatamente me retracto, como si hubiera pronunciado una blasfemia.

Aunque bien sabes que no acostumbro a excluir a ningún sospechoso, llevo más de una quincena prácticamente conviviendo con él, y de haber sido culpable, algo habría hecho o dicho que despertara si no mi desconfianza, por lo menos alguna duda.

Cada día me convenzo más de su inocencia, Harry, de que no es el homicida, sino otra víctima, la que ha sufrido más de todas.

Lo peor es que terminarán asesinándolo a él también, a menos que descubramos antes a los verdaderos asesinos.

Recuerda que quien apareció muerta en su butaca, no fue la chica, sino su esposa, su muy amada Helen. Su inmenso amor por ella no es ni puede ser fingido, así como tampoco puede ser fingido su terrible dolor, tan grande que hasta se infartó.

¿Qué habría ganado Rushmore asesinando a su esposa en el vuelo 1210? De haber querido hacerlo, tuvo millares de oportunidades en tantos años y sin las cámaras y los micrófonos de todo el mundo sobre él.

Lo que más me hace dudar de su culpabilidad, es el hecho de que todas las evidencias estaban contra él.

Ya ha sufrido bastante, ha pagado un precio muy alto por su fama. Para mí, forma parte de nuestro equipo, no debemos desilusionarlo. Pero tú decides.

—*Pienso exactamente lo mismo que tú, hijo. Te lo pregunté, porque yo mismo siento que no debo tratar a este noble hombre como si fuera un delincuente, porque no lo es. Pero temía que me* estuviera dejando llevar por su prestigio y que por mi edad estuviera bajando la guardia.

Si antes lo admiraba por sus logros como diplomático, ahora lo admiro por su sencillez y humildad, por el esfuerzo que está haciendo para superar su tragedia, y por convivir con nosotros en esta pocilga, como un policía más.

XXV

—Tenemos que tener cuidado, Harry. Los del FBI están investigando. Observaron movimientos inusuales en esta morgue. Tienen dudas de que realmente hayas muerto y piensan que secuestraste al embajador. Un agente americano, de apellido Floyd, es quien los coordina y dirige.

Floyd desde el mismo día del atentado se instaló en uno de los mejores hoteles de la ciudad. Tiene otros seis o siete agentes a su cargo. El hotel le asignó una camarera de su absoluta confianza, cuyo nombre es Ada, que es quien le hace la cama y a veces se queda en ella, y tiene una voz muy agradable. Es muy supersticioso, porta amuletos para contrarrestar la mala suerte y cree que si cambia de camarera algo malo podría pasarle. Tienen instrucciones de quedarse aquí hasta rescatar al embajador.

—¿Cómo sabes todo eso, Pablo?

—Tengo intervenidos los teléfonos de todos ellos y los del ministro.

—¿Tienes intervenidos los teléfonos del ministro de justicia? ¡Eso es ilegal! ¡Carlos Ignacio es mi amigo personal, desde antes que nacieras! No puedo creer que él piense eso de mí ¿De verdad sospecha que soy un secuestrador?

—Él tiene sus dudas de que estés muerto, por aquello de que 'bicho malo, no muere', pero te defendió Harry. *Hasta se le quebró la voz cuando habló de ti. Sin embargo, está bajo presiones muy grandes, entre ellas las de la ONU, que no se resigna a perder a su embajador estrella.*

—¿Y qué dicen esos agentes del embajador?

—*Según ellos, en la embajada americana no creen que esté en los Estados Unidos. Dicen que de haber ingresado a su territorio, ellos se habrían enterado. Piensan que está escondido en otro país o que lo tiene secuestrado una organización terrorista.*

No obstante, los agentes del FBI sospechan que Rushmore y tú sí están en este país, porque no es fácil sacar clandestinamente, sin dejar huellas, a un herido grave de bala y a un infartado, y menos aún si el infartado es toda una celebridad. Los agentes del FBI piensan que formas parte de esa organización terrorista o que te compraron.

—¿Yo? ¿Formando parte de una organización terrorista? ¿Comprado? ¿Para secuestrar a Rushmore? ¿Y no sospechan de ti?

—*No, porque creen que me sobornaron. Piensan que estoy de su lado.*

—¿Intentaron sobornarte, Pablo?

—*Intentaron, no, Harry. ¡Me sobornaron! Me dieron dos mil dólares.*

—¿Aceptaste dinero del FBI?

—Sí, Harry. ¿Quién ha visto a un policía que no se deje sobornar y que rechace el pago en dólares?

—¿Y qué hiciste con ese dinero? ¡No lo gastes! Esos billetes podrían estar marcados.

—Los cambié por unos dólares 'limpios' que le decomisamos a unos narcotraficantes y que tenías guardados en tu caja fuerte como evidencia contra esos narcos.

—¿Y si le siguen el rastro a esos otros dólares?

—Tendrán que pelear con la DEA, porque eran de ellos.

—De todas maneras, guárdalos en un lugar seguro. Tendremos que devolverlos.

—Ya no es posible, Harry. Los repartí entre todos los policías de la central, y lo celebramos en grande. Les dije que en tu testamento habías ordenado repartirle cien dólares a cada uno, para compensar los retardos en los aumentos de sueldo que les correspondían y tú les negaste. Ese dinero fue muy bien invertido en los peores bares y prostíbulos de la ciudad.

—¿Por qué hiciste eso, Pablo? Estás arriesgando tu reputación y la mía, la de todo el departamento.

—Si no lo hubiera hecho, los del FBI no habrían estado seguros de que me sobornaron. Los policías corruptos celebran de esa manera el cobro del soborno: reparten entre sus compañeros algo de lo que reciben, para que no los delaten. Ahora sí confían en mí. Les dije que ese era solo un pago inicial, pues para que les dijera dónde estaba el embajador, tenían que darme más de ciento cincuenta mil dólares, porque eso era lo que me estaba ofreciendo un conocido periódico amarillista.

—Esto es peor de lo que pensaba, Pablo, Creo que mejor habría sido para mí haber muerto de verdad en el atentado contra la ambulancia.

—Para que no te deprimas, te sigo informando: Los periodistas están como moscas buscando a Allan. No hay un solo periódico en el mundo que no quiera ser el que dé 'el tubazo' del hallazgo del embajador, vivo o muerto.

Incluso, han hecho todo lo posible para localizar e interrogar a Rose, ya que supuestamente Allan estaría con su hija, pero no han podido dar con su identidad secreta en el exterior, porque los documentos que les entregué para solicitar esa nueva y falsa identidad, corresponden a una persona inexistente. Eso demuestra que los documentos oficiales americanos no son tan seguros.

El panorama internacional también se ha complicado algo, ya que los americanos amenazaron a Siria y a otros países con bombardearlos si Allan no aparece dentro de los próximos cinco días. *Creen que fue secuestrado por un comando extremista que tiene su refugio en una cueva fronteriza, y que el gobierno sirio está protegiendo a esos terroristas.*

—*¿Un ultimátum en el Medio Oriente? Ese bombardeo generaría una reacción en cadena en toda la región. ¡Sería el fin de la paz, de mi tratado! ¡Del tratado por el cual murió Helen! Creo que ha llegado la hora de decir la verdad, de enfrentar al público. Ya estoy curado y esos policías del FBI podrán asumir oficialmente mi custodia.*

Ustedes no solo han arriesgado sus vidas por mí, sino que la siguen arriesgando, y en el mejor de los casos, perderían sus carreras. En cualquier momento puede entrar un equipo SWAT en esta morgue y eliminarlos a ustedes antes de que tengan oportunidad de explicar lo sucedido. Deben, además, tener en cuenta que no puedo permitir que por causa mía se desate un nuevo conflicto en esa región. No sé si estoy haciendo lo correcto permaneciendo aquí. Expresó el embajador. *Quizás debería aparecer.*

—*Si lo haces, serás hombre muerto, Allan, y destruirás todo lo que has hecho. Un mártir de la paz, un nuevo Martin Luther King, pero muerto y desprestigiado. Un asesino. Y nunca se sabrá quién fue el verdadero autor del crimen de Helen.*

Tenemos que seguir espiando a Floyd, porque el FBI tiene medios de los cuales nosotros no disponemos. Floyd no sabe que Ada escucha todas sus conversaciones. Ella es muy persuasiva y él tiene debilidad por las camareras jóvenes, rubias y bellas que saben hacerse las tontas.

—¿Y cómo te enteras de lo que él le dice a Ada, hijo?

—Porque Ada es una de mis mejores agentes, Harry, aunque tiene pocos días en el departamento. Recuerda que ahora manejo tu presupuesto.

XXVI

Pablo no pudo evitar sonreír al ver que el ministro había colocado en la entrada de su despacho un gran retrato de Harry, cruzado con una banda negra.

El doctor Gutiérrez era un gran amigo del capitán Harry, y abrazó muy conmovido a Pablo cuando este llegó a su despacho.

—*Buen día, señor ministro. Alida, su secretaria me citó para hoy a las diez.*

—*Buenos días, Pablo. Sé que tu padre te hace mucha falta, igual que a nosotros. Este despacho no es el mismo desde que él se nos fue. Te llamaba porque quiero presentarte a alguien. Te ruego no bromear con él. Viene muy recomendado.*

—*Gracias, señor ministro. No se preocupe. Mantendré la seriedad.*

—*Así me gusta, hijo, sigue los pasos de Harry, siempre educado, serio, correcto, y llegarás muy lejos.*

El ministro condujo a Pablo al cuarto vecino. Un hombre alto, atlético, catire, pero muy quemado por el sol, con corte militar, vestido de civil, anteojos oscuros, lo esperaba parado en el centro de la sala, con una sonrisa de bienvenida.

Con aire protocolar, solemne, el ministro los presentó:

—*Señor Warren, tengo el honor de presentarle al mejor detective de mi departamento: el inspector, perdón ahora capitán, Pablo Morles, aunque su nombre oficial es Pablo Campbell, pues era hijo de nuestro muy recordado amigo y colaborador, el heroico capitán Harry Campbell, que en paz descanse. Pablo heredó su cargo.*

Pablo, tengo que el honor de presentarte al agente Floyd Warren, enviado secreto, especial y plenipotenciario del gobierno americano para investigar la muerte de tu padre y la desaparición del excelentísimo embajador Allan Rushmore.

Por orden presidencial, el agente Warren dirigirá ahora todas las actividades de investigación de nuestro departamento sobre ese caso. Te ruego prestarle toda la colaboración que pida y ejecutar las decisiones que adopte al respecto.

—*Será un honor para mí, señor ministro.*

—*Magnífico, Pablo, te confieso que estaba algo preocupado. Temía que hubieras heredado de tu padre la fobia a las policías extranjeras. Pero veo que en eso eres más flexible.*

—*¿Cómo podría rechazar la colaboración de los mejores policías del mundo? Es una excelente oportunidad para aprender.*

—Gracias, capitán Campbell. Usted también es un buen policía. Sus actuaciones en otros casos, como el de la Mansión Belnord, son ampliamente conocidas en todas las academias de policía.

—El agradecido soy yo, agente Warren. Si quiere puede llamarme Morles, como todos en este organismo, o simplemente Pablo. No soy digno de que me llamen 'capitán Campbell', ese era el nombre de mi padre, o mejor dicho es todavía su nombre, porque vive en mis recuerdos y oraciones. Un padre jamás muere.

El ministro se enjugó una lágrima, y le dijo:

—Tienes razón, Pablo. Para nosotros sigue vivo. Nunca lo olvidaremos.

—Estoy seguro de que haremos un buen equipo, capitán Morles. Nadie mejor que usted para investigar la muerte de su padre. Tengo entendido que fue cremado hace a unos quince días. ¿Dónde guardan sus cenizas?

—Eso es correcto. Fue incinerado. Sus cenizas están ahora en los dos océanos, como él siempre quiso.

—¿En los dos océanos?

—Sí, yo mismo cumplí personalmente su última voluntad de arrojar sus cenizas en el Canal de Panamá, para que los navíos las llevaran del Océano Pacífico al Océano Atlántico, y viceversa.

Invité al señor ministro, pero él no pudo asistir a ese acto y en su nombre acudió el viceministro. ¿Alguna razón especial para esa pregunta?

—No. *Perdone la indiscreción, pero ¿está seguro de que el cadáver cremado era el de su padre?*

—Claro, murió en mis manos. *Sus últimas palabras fueron para su familia y para el señor ministro.*

—¿A dónde llevaron el cadáver de su padre después del atentado?

—Yo mismo lo lleve a la morgue. *En este país solemos llevar los cadáveres a las morgues.*

—Obvio, pero, ¿a cuál morgue?

—A la mejor de todas, la del doctor Henry Fowler.

—¿Antes de la cremación, le hizo él las experticias de ley?

—Claro, el doctor Fowler hizo a mi padre todas las experticias de rutina. *Para eso le pagan, no mucho, pero algo es algo. Sin embargo, no le entiendo bien su pregunta. ¿Usted lo que quiere es que le confirme que la autopsia se la hicieron a mi padre antes de que lo incineráramos, porque piensa que existe la posibilidad de que se la hubieran hecho después de incinerado?*

—Lo que quiero saber es si el forense le hizo las experticias antes de que cremaran su cuerpo, inspector. No tendría objeto hacerlas después de incinerado.

—Lo mismo pienso yo, señor Warren.

—¿Podría interrogar al doctor Fowler?

—Por supuesto. Pero le advierto que dicen que ese forense es pavoso.

—¿'Pavoso'? ¿Qué es eso? No domino muy bien el español.

—Eso quiere decir que atrae la mala suerte. Algunos detectives no se atreven a darle la mano, porque toca a los muertos y después no se las lava. Varios de quienes lo han visitado han pasado después por la morgue, incluyendo a mi padre. Bueno, eso dicen. Yo no creo en nada de eso. Son meras patrañas. 'Las brujas no existen, pero de que vuelan, vuelan...' ¿Cuándo quiere entrevistarlo?

—Ahora mismo. Si no tiene inconveniente. Le agradecería acompañarme.

—No tengo inconveniente alguno, salvo que había ofrecido a mi esposa llevarla a la peluquería, pero puedo avisarle que no iré.

—Se lo agradezco.

Pablo llamó a Magdalena:

—*Mi amor, no podré llevarte hoy a la peluquería. Se me complicó el día y tengo que salir a otra parte... ¿Te importaría dejarlo para mañana? No, no estoy con ninguna mujer. Si quieres te paso al ministro para que te lo confirme. Ve con Sandra. Pasa también por la lavandería y retira mis dos trajes. Puedes pagar con mi tarjeta de débito. Gracias, cariño.*

Apenas Pablo colgó su teléfono, Magdalena tomó otro teléfono celular (distinto del que recibió la llamada y no registrado, ya que había sido decomisado por Pablo a un hampón), y mandó un mensaje cifrado al capitán Harry, usando el código secreto que habían convenido el día anterior.

Después de un minuto, Harry logró descifrar ese mensaje:

'*Cuidado. Voy con Floyd y otros en camino para allá. Alejen francotiradores. Van a revisar. Desactiven las minas. Escóndanse'.*

—*Ya estoy listo. Cuando usted quiera nos vamos, agente Warren. Estoy a sus órdenes. Lo llevaré en mi auto, si gusta.*

—*¿Puedo llevar a alguien más? ¿Algunos agentes que trabajan conmigo?*

—*Si caben en el auto, sí.*

—Hasta luego, señor ministro, fue un placer. Bello retrato el de mi padre. En nombre de él, muchas gracias.

—Hasta pronto, Pablo. Soy yo el agradecido. No sabría manejar este caso sin ti, ahora que no está Harry.

Saludos a Magdalena. Dile que me disculpe por haberle estropeado su salida a la peluquería.

XXVII

En el hotel, Diana estaba curando a Carlos, uno de los agentes de Floyd, que durante un atraco había sido herido.

Carlos estaba espiando los teléfonos de Pablo y de sus familiares, cuando Morles llamó a Magdalena, su esposa, para diferir el viaje a la peluquería.

—*¡Otra esposa celosa más! Con eso lo único que ganan es que los hombres las abandonen. ¿Para qué se casan? Un hombre dura poco amarrado.* Dijo la camarera.

—*Tienes razón Ada. Les falta inteligencia. No todas las mujeres son tan inteligentes como tú.*

—*¿Tu esposa también te cela?*

—*No tengo esposa, sino una novia, pero es una mata de celos.*

Bueno, la verdad es que ahora no tengo novia, porque ya corté con la que tenía.

No podía salir ni a hablar con una amiga, sin que ella se pusiera como una cuaima.

—*Lo siento, Carlos, no quise herirte.*

—*Todo lo contrario, Ada: Te estoy muy agradecido. Sentí que me apoyabas.*

Lo que ignoraba Carlos, era que Ada había sido
informada por el "ala móvil" de Felipe de una terrible pelea, por causa de celos, que había hecho
que Carlos abandonara a su novia.

XXVIII

Cuando Pablo llegó a la morgue en su patrulla. Rodrigo se asomó por el postigo del portón, después de mirar agresivamente a Floyd y a los tres hombres que en el asiento estaban apretujados en el asiento trasero.

—¿Cuántos cadáveres nos traes hoy?

—Cuatro, pero todavía respiran, Rodrigo. No seas impaciente. ¡Ábrenos! El señor Warren viene a visitar a Henry.

—Todos tienen que identificarse primero. Tengo órdenes de no dejar pasar a ningún cadáver sin identificación.

—No te preocupes, Rodrigo. Son policías. Dile a Manuel que nos abra, que vienen a hablar con el doctor Henry.

—¡Toquen madera, no se les pegue la pava! Ábreles, Manuel. Vienen con el inspector Pablo.

Mientras Rodrigo vigilaba a los visitantes, un hombre mayor, flaco, desnutrido, con barba de varios días, usando un viejo y deshilachado sombrero campesino, sin camisa ni zapatos, con una botella de licor en la mano, abrió el portón con mucho esfuerzo, cuidando de que el mismo portón le tapara parte del rostro.

—Gracias, Manuel. ¿Podrías pasarle un trapo a la patrulla? Después te doy algo para que te tomes un café. Pero báñate, porque nos vas a espantar a la distinguida clientela y en la ciudad hay otras morgues.

Manuel no pronunció ni una palabra. Tomó un trapo viejo y comenzó a pasárselo a la patrulla.

El agente Floyd se apartó con asco del sucio portero.

—¿Ese es su portero? No luce muy aseado.

—Es el de Henry. Es un pariente de Rodrigo y lo ayuda a no hacer nada. El problema es que es mudo y bebe mucho. No es muy limpio, pero le pagamos cuando queremos y podemos, es decir, casi nunca.

—Rodrigo no tiene cara de ser muy agradable.

—Tiene muy malas pulgas. Pero más que portero, es vigilante y 'donde pone el ojo, pone la bala'. El ministro ordenó que lo botaran del departamento, pero nadie se atrevió a comunicarle la noticia porque está loco y es un 'gatillo alegre', Él solo podría llenar varias morgues como esta.

Los interrumpió Rodrigo, mirando fijamente a los extraños:

—El doctor Fowler manda a decirles que sí pueden pasar.

—Está bien, Rodrigo.

Entraron a la vieja casona.

—¿Esto es una morgue?

—Sí, señor Floyd. ¿La confundió con una posada de lujo?

—No, ¿cómo podría...? Se calló al notar el irónico tono de la voz de Pablo.

Cuando entraron, Henry los estaba esperando con una amable sonrisa.

—¡Bienvenido, Pablo! ¡Te felicito, me dijeron que ahora eres el nuevo capitán!

—Sí, Henry, pero solo provisionalmente, hasta que mi padre resucite.

—¿Y los señores, son tus nuevos subordinados? ¡No los había visto antes!

—Son los porteros de mi oficina, más presentables que Manuel, pero vienen muy bien recomendados por el señor ministro.

—Sean bienvenidos, siéntanse en su casa y pónganse cómodos, señores, dijo Henry y le extendió la mano, sin guantes, para saludarlo.

Pablo sonrió para sus adentros. Floyd instintivamente había extendido su brazo para saludar al forense, pero entonces recordó que este supuestamente era "pavoso", y que no se lavaba. Quiso retirar su mano, pero muy tarde: el forense no le dio tiempo y se la apretó con fuerza, y, como si fuera poco, también le dio un fuerte y afectuoso abrazo, como si fuera un viejo y apreciado amigo.

Lo mismo hizo Henry con Pablo y con todos los demás visitantes.

—*El doctor Fowler es demasiado efusivo*, comentó el agente del FBI a Pablo con enojo.

—*Sí, es muy amable. A veces reparte besos*.

Ya dentro de la casa, Henry los invitó a sentarse sobre una de las mesas de granito.

—*Disculpen, no tenemos muebles. Pedí unos y el director de presupuesto me dijo que los muertos no se sentaban, y me quedé sin sillas*.

—*Preferiría permanecer parado, si no le molesta, doctor*.

—*Como guste, señor*.

En una de las mesas estaba un cadáver. Uno de los agentes preguntó si había un baño, y se encontró que el baño estaba peor que la sala de autopsias. Regresó tapándose la nariz.

—Creí que estaban acostumbrados a estas cosas. ¿No son policías?

—En nuestro país las morgues no son así, doctor. Son más limpias y aseadas.

—¡Qué bueno! Me gustaría visitarlos. Déjeme su tarjeta de presentación por aquí, para ir a conocer sus morgues, cuando pueda... Tus amigos son mis amigos, Pablo. ¿En qué puedo servirles?

—El señor Warren desea conversar contigo sobre la muerte de mi padre. Sobre su autopsia. Dale toda la información que te pida.

—¿Por qué te hacen eso? Debe ser muy duro para ti recordar todo de nuevo. No deberían ponerte en esa desagradable posición. Me parece poco delicado, apenas han pasado unos días desde la muerte de tu padre.

—Lo que sucede es que el agente Warren duda de que mi padre haya muerto. Cree que resucitó.

—¡Cómo! ¿Está loco? Yo mismo le hice la autopsia. Hasta el ministro vino a buscar el cuerpo.

—¡Yo no he dicho que haya resucitado, capitán Morles!

—Tiene razón, excúseme, es que este ambiente me pone nervioso y me trae muy malos y dolorosos recuerdos. Además huele mal y cada vez que salgo de aquí, por los nervios choco o me pasa otra cosa mala. Este sitio da náuseas. Otros días está peor.

—A mí también me produce náuseas, capitán, pero debemos cumplir con nuestro deber. Le juro que interrogaremos al doctor Henry en el menor tiempo posible y que nos largaremos pronto.

—No, señor Warren, por favor, ¡tómese todo el tiempo que quiera! Estamos del mismo lado. Nadie tiene más interés que yo en atrapar a los miserables asesinos de mi padre. Henry, te lo ruego: Hazlo como un favor personal para mí. Responde a todo lo que el señor Warren te pregunte y dale la información que te pida, sin reserva alguna. ¡Olvídate del sumario y del secreto profesional! ¡El señor Warren es de los nuestros!

—Ok, Pablo. Órdenes son órdenes. Si quieren, tú y los amigos del señor Warren pueden subir al segundo piso para que vean el depósito. En la gaveta 5 está el cadáver que me mandaron hace cuatro días y que querías examinar, puedes aprovechar para saludarlo, si deseas.

—¿Quieren venir conmigo, señores? Es un caso muy interesante: trataron de hacernos creer que se trataba de un hombre que había muerto por haber comido en exceso, pero Henry le abrió los intestinos y encontró que no había comido lo que decían, sino otras cosas. *Saquemos muestras de las heces, para llevarlas al laboratorio.*

—Bueno, de paso vemos el resto de la edificación, Floyd nos pidió que revisáramos toda la casa.

—Vengan entonces, no huele muy bien, pero hoy el olor es soportable.

Los agentes eran hombres jóvenes y bien entrenados, y subieron rápidamente las escaleras, adelantándose a Pablo, para evitar que este pudiese advertir a alguien, pero al llegar y abrir la puerta del depósito, frenaron en seco y se quedaron en el umbral de la puerta observando espantados el macabro espectáculo: una fila de gavetas, casi todas abiertas, que dejaban ver inertes piernas, brazos y manos.

—En esta bañera los duchamos, para poder hacerles la autopsia, explicaba Pablo. No pisen ese charco, que no es de agua sino de otra cosa. No toquen nada, pueden contraer bacterias. Revisen bien. Ofrecí a su jefe facilitarles su trabajo y yo soy un hombre de palabra.

—Perdone, capitán, pero si no le importa, preferiríamos bajar al patio y revisar los jardines. Ya vimos suficiente.

—Entiendo, amigos. Bajemos, pero antes déjenme revisar al muerto de la gaveta 5. No tardaré. Mientras tanto pueden ver los jardines, *pero después tendrán que limpiarse los zapatos. Allí es donde Manuel bota las vísceras.*

Pablo entró de nuevo en el depósito y se acercó a la gaveta 5, de la cual colgaba una pierna. Solo Pablo pudo oír la voz que salía de ella:

—*Hijo, te felicito, tu sistema codificado de comunicación funcionó a la perfección. Recibí justo a tiempo el mensaje de Magda, pero no me dio tiempo para salir. Además, había gente sospechosa en los alrededores, vigilando para ver si alguien abandonaba el sitio. Pensé que lo mejor es que fuera el mismo embajador quien les abriera el portón. Con ese aspecto nadie lo reconocería.*

—*Buena idea, papá. Estás más loco que yo. Nos veremos más tarde.*

—*Que Dios te bendiga, Pablo. Antes de irte cúbreme con una sábana, porque estoy totalmente desnudo y la etiqueta que tengo colgada en el dedo gordo del pie no me abriga mucho.*

XXIX

Pablo volvió a reunirse con los agentes de Warren y bajaron al piso inferior donde este los esperaba.

—*¿Vieron a alguien allá arriba?*

—*A nadie vivo, Floyd.*

—*Ya podemos irnos, capitán Morles. Usted tenía razón, el doctor Fowler es un hombre muy amable y fue muy colaborador. Nos dio copias de las radiografías, de las experticias, incluyendo una partícula de hueso que estaba adherida a una de las balas. De esa partícula podremos extraer ADN. Vimos la chaqueta de su padre, impresionante. Nadie podría haber sobrevivido con esos seis impactos de una pistola nueve milímetros.*

(*¿Seis?* ¡*Fueron solo dos los impactos de bala! Henry debe haberle hecho cuatro más a la chaqueta de Harry*. Pensó Pablo)

—*El forense nos permitió cortar algunos trozos de la chaqueta para que examináramos la sangre que había en ella y someterla a la misma prueba de ADN.* —Continuó Floyd, hablando y mascando chicle al mismo tiempo—. *Una de las balas le pegó en el ventrículo derecho. La hemorragia debió ser muy grande. De todas maneras, de haber llegado vivo a esa morgue, su padre habría muerto por contaminación.*

—Me parece ver a mi padre en todas partes.

—Lo siento. ¿Y qué puede decirme del embajador? ¿Cree que sobrevivió y que lo secuestraron? ¿Cuándo lo vio usted por última vez?

—Lo vi por última vez cuando lo saqué de la ambulancia, pero le confieso que no me ocupé de él, sino de mi padre, que estaba agonizando. El señor Rushomore era un hombre famoso, muy importante, pero mi corazón estaba con mi padre. Actué más como hijo que como policía.

Tengo una nube mental que no me permite recordar exactamente los hechos. Creo haber visto u oído algo sobre unos funcionarios de la embajada americana que lo recogieron y se lo llevaron. Dicen que le dieron otra identidad y lo mandaron para Texas. Pero yo estuve todo el tiempo encargado de los funerales de mi padre.

¿Podría ajustarme el espejo lateral? Manuel me lo movió y me dejó la patrulla más sucia que antes.

—¿Se lo llevaron unos funcionarios de nuestra embajada? ¿Quién le dijo eso, Morles? Es raro, a nosotros nadie informó nada al respecto. Respondió pensativo Floyd, mientras ajustaba el espejo.

—Son cosas de Estado, señor Warren. Asuntos políticos de la más alta importancia, en los cuales a los policías como usted y yo no nos dejan asomar las narices. Si a los policías nos dijesen los políticos toda la verdad, no pasaríamos tanto trabajo para investigar y castigar a los culpables.

Es posible que la embajada haya hecho correr ese rumor para desviar la atención de quienes trataron de asesinarlo. Yo siendo usted lo buscaría en todos los hoteles de cinco estrellas de una paradisíaca isla del Caribe. En este momento Rushmore debe estar acostado en una silla de extensión, con una cubalibre en la mano, tomando el sol y viendo hermosas chicas, vigilado, claro está, por cuatro o cinco monigotes de la embajada.

—¿En los hoteles de cinco estrellas? ¿En una isla del Caribe? ¿Y eso por qué?

—Rushmore es un diplomático acostumbrado a la buena vida, a las más sabrosas comidas, a los más extraños licores y a las más sensuales mujeres, Warren. No lo veo encerrado en un hotel de menos estrellas ni en un apartamento ni en una casa cualquiera. Sigue siendo un diplomático de muy alto rango. Nadie se atrevería a esconderlo en un sitio cualquiera. ¡Sería un irrespeto! ¡Una violación a las convenciones de Viena!

—Lo que dice es lógico, no había pensado en ello, ¿pero por qué en una isla del Caribe?

—Porque el Caribe está más cerca y tiene menos controles para el ingreso de pasajeros. Allí todos los turistas llegan disfrazados. Se ponen unos bermudas, una camisa bien escandalosa, una cámara fotográfica, un sombrero de paja, unos anteojos negros, unas sandalias, y pasan totalmente desapercibidos. Nadie reconocería al excelentísimo embajador de la ONU con esa facha.

Además, Rushmore tiene dólares y allá rinden mucho.

—Ahora veo por qué el ministro dice que usted es el mejor detective de su país. Muchas gracias, capitán Morles.

—Tengo amigos en todos lados y el ministro y yo hemos firmado un pacto de intercambio de elogios. Ambos ganamos con ese pacto. Debería adherirse. ¿Por cierto, como está el embajador John White? Desde los funerales de mi padre no lo veo.

—Está bien. Ayer conversamos con él sobre este caso, y nos pidió celeridad.

—Es lo único que saben hacer. Pedir que nos apuremos, como si investigar fuera cosa fácil. Para ellos dirigir es presionar. No hay nada que aprecien más que un 'pusher'.

—¿Podría hacerme otro favor, capitán Morles?

—¡Claro! El que usted quiera, Warren.

—¿Podría aparcar el auto en esa estación de servicio? Debo entrar a los lavabos para lavarme las manos. No me siento muy bien y tengo una comezón terrible en las manos.

—¿En el FBI no los vacunan contra los virus y bacterias cadavéricos?

—No, capitán. Ignoraba que existieran esas vacunas.

—¡Qué lástima! Es posible que allá no haga falta, porque las morgues son más limpias, pero aquí... ¿Y no le dijeron que debía tomar tres pastillas de quinina todas las mañanas al levantarse, antes del desayuno, para que no le diera paludismo?

—Tampoco, capitán.

Floyd bajó del auto a toda prisa. Sus agentes lo siguieron. Cuando veinte minutos más tarde regresaron, lucían como si todos se hubiesen bañado en el lavamanos.

Pablo los dejó en el ministerio y regresó feliz.

—Ese hombre no podrá dormir esta noche. Seguro que Henry, entre los papeles que le entrego, le metió polvos de picapica. ¡Siempre se divierte haciendo eso! Y apuesto que también le hizo comer sus chicles purgantes.

160

Entró a su despacho, donde Felipe estaba esperándolo.

—¿*Cómo te fue con los agentes del FBI, Pablo?*

—*Mejor, imposible, Felipe. Ahora te cuento. ¿Podrías enviarle a Joel, en identificación, esta huella?*

XXX

El agente Floyd llamó a la habitación del hotel donde se hospedaba.

—*Carlos, ¿cómo está todo por allá? ¿Cómo sigues de tu herida en el brazo?*

—*Algo mejor, Floyd, pero todavía me duele. Ada me desinfectó la herida y me cambió las vendas. Por aquí todo está bien, en calma. Te llamaron del exterior. Les dije que estabas en tu negocio.*

—*Bien, Pablo, No se te ocurra ir a un médico. Esa herida es leve, pero pudo ser peor. Era una bala de muy grueso calibre.*

Hablando de otra cosa ¿Oíste la conversación de Morles con su esposa?

—*Sí.*

—*¿Te pareció normal?*

—*Completamente normal. La mujer es celosa.*

—*Como todas.*

—*¿Morles llamó a alguien más?*

—*No.*

—*¿Salió alguna persona de la morgue después de que Morles llamó a su mujer?*

—Nadie. Todo estaba absolutamente normal.

—Y la esposa de Morles, ¿llamó a alguien después?

—Tampoco. También verificamos eso. Igualmente tenemos intervenido ese celular.

—De todas maneras, aunque hubiesen recibido un aviso, no habrían tenido tiempo para escapar. El viaje del despacho del ministro a la morgue duró solo nueve minutos. ¡Les caíste de sorpresa! Y te fuiste en el mismo auto de él. No pudo hacer otra llamada. ¿Y a ti, cómo te fue?

—Regular. Esa morgue es horrorosa, asquerosa. ¡Así debe ser el infierno! Cuando lo conocí, el capitán Morles me cayó como una patada en los testículos. Tuve que hacer un gran esfuerzo para resistir sus chistes malos. Sin embargo, al final el soborno funcionó, porque él ordenó al forense darme toda la información. Hasta nos dejó solos.

El forense también debe haber recibido su buena parte. Era evidente que estaba 'engrasado', porque fue muy amable y me dio todo lo que buscaba y más de lo que le pedí. Hasta traje pruebas que eran parte del secreto sumarial.

—¿Y qué averiguaste sobre el capitán Harry Campbell?

—De verdad murió, Carlos, y fue cremado. Ahora no tengo dudas de ello; pero de todas maneras, para que nadie se queje, ordenaré hacer los exámenes a las muestras de sangre y tejidos que recolecté, y comparar su ADN con el de nuestros archivos.

—¿Y sobre el embajador?

—No toqué ese tema con el capitán Morles. Estuve pensando y creo que debe estar gozando en un hotel de cinco estrellas de una isla del Caribe.

—¿En un hotel de cinco estrellas y en una isla del Caribe, Floyd? ¿Y eso?

—Sí. Cuando llegue te explicaré cómo se me ocurrió eso.

—¿Vas a almorzar con nosotros? En la piscina del hotel sirven una excelente carne a la parrilla. Tengo un hambre atroz.

—No, Carlos. Después de haber estado en esa asquerosa morgue no me provocará comer carne por más de un año. Además, tengo un terrible dolor de estómago. No debí ir a ese lugar sin antes haberme vacunado. Ah, dile a Luis que me compre unas pastillas de quinina en la farmacia.

—¿La quinina es buena para el estómago?

—No sé, pero es buena para curar el paludismo. Se me quedó mi amuleto para la buena suerte, ¿no lo has visto por ahí?

—Sí, Floyd. Lo dejaste en tu cama. Ada lo encontró cuando se despertó.

—Dile que me espere.

—Se fue, porque es su día de descanso y tenía que hacer unas diligencias personales, pero te mandó un beso. Otra cosa, Floyd. ¿Te pareció normal el capitán Morles?

—Más o menos, se hace el loco y el chistoso, pero es más peligroso que una cobra, Carlos. ¿Por qué?

—Después que ustedes salieron de la morgue, Frank los siguió en su auto. Y mientras los esperaba en la estación de gasolina, vio a Morles riéndose solo, como un niño travieso. ¡Eso es un signo de locura!

XXXI

—Embajador Rushmore, ahora que Harry dejó de hibernar y Henry logró controlar las arritmias suyas, nos gustaría conversar con usted.

—Estoy a sus órdenes, inspector. Pero les agradecería a todos llamarme simplemente Allan, el título de embajador suena ridículo dentro de esta morgue. Además, estoy vivo gracias a ustedes y me siento honrado de tenerlos como amigos.

—Muchas gracias, embajador, digo, Allan. El honor es nuestro. Es evidente que fuiste atacado por una organización, a la que no le gustó la firma del tratado Rushmore; y que esa organización quiso desprestigiarte y vengarse de ti, envenenando a Helen y achacándote ese cobarde asesinato.

Varias personas intervinieron en el montaje de ese cruel escenario. Entre ellas, la pelirroja, el supuesto chofer de la ambulancia y su enfermero y ayudante. También habría que agregar a esa lista de delincuentes a quienes nos dispararon desde el automóvil negro. Eso sin incluir a los posibles cómplices dentro del avión y en el aeropuerto. No se trata de un crimen cometido por un individuo, sino por una organización.

—Cierto, Pablo.

—Para nosotros es importante localizar y arrestar a la chica del avión, si es que está viva. Es mucho lo que tendrá explicarnos. Si la localizamos, podremos ir halando de ese hilo, hasta llegar al ovillo.

—¿Crees que esa pobre niña es una asesina?

—Esa 'pobre niña', Allan, pudo haber contribuido a asesinar a Helen, si es que no lo hizo ella misma con sus propias manos. Recuerda que se levantó de tu lado, supuestamente para ir a los servicios, pero quien regresó no fue ella, sino el cadáver de Helen.

—Tienes razón. Así fue. Me dejé engañar por su cara linda y por su aparente ingenuidad.

—Y por las pecas, entre otras cosas.

—Sí. No lo niego.

—Queremos que hagas memoria y nos cuentes, palabra por palabra, todas las conversaciones que sostuviste con ella. Te rogamos hacerlo con la misma detallada precisión que utilizaste para describir los blancos senos de la muchacha.

Rushmore les hizo un detallado recuento de sus conversaciones con la chica. Fue una exposición muy larga, frecuentemente interrumpida por las preguntas de Pablo y del capitán.

Cuando terminó, Pablo hizo un resumen que leyó en voz alta al capitán, a Rushmore, a Henry y a Felipe, quien se había incorporado a la reunión:

—*El perfil de la chica es el siguiente, y me corriges Allan, si crees que estoy equivocado:*

1. Nombre: empieza por 'L'. Eso se deduce del 'pendiente' de oro y brillantes. No creo que esa joya sea para desviar las investigaciones, primero, porque es algo costosa, y segundo, porque no tenía necesidad de llevar joya alguna. La siguió usando por costumbre.

2. Apellido. Lo ignoramos. Pero parece provenir de una familia adinerada. Eso lo comprueba el hecho de que un hizo un viaje a Suiza, de una semana de duración, aproximadamente, solo para comprar su traje de novia. Además utiliza un avanzado y moderno teléfono celular, que es un artículo costoso y no es fácil de adquirir en este país, por lo que lo compró a través de Internet o lo hizo comprar en el exterior.

La única pieza interior que la chica usaba y que Allan pudo ver y oler, es decir, la parte inferior, era una pieza de encaje, muy fina y delicada. Una empleada pública, por ejemplo, no podría darse ese lujo.

3. Edad y aspecto físico. La dama del avión tiene más o menos unos dieciocho años. Esa es la edad que le estimó Allan y creo en sus dotes de fauno.

Es pelirroja natural, delgada, alta, lindas piernas, como de 1,70 de altura, usa tacones de unos 15 cm, lo que la hace parecer más alta y elegante, como una modelo o una artista de cine; tiene ojos muy azules, cejas y pestañas rojizas, largas y bellas piernas, depiladas; pechos blandos, pero que mantienen su forma sin necesidad de sujetador, además son muy blancos, pero con pequeñísimas pecas rojas, y venas muy delgadas, azules o verdosas. Se maquilla. Se muerde los labios cuando está bajo tensión. Vestimenta muy corta. Ropa interior tipo tanga, fina, delicada, con brocados, solo la parte inferior o blúmer.

No parece ir a la playa, porque su piel es muy clara, aunque fresca, lo que no es de extrañar por su corta edad.

La vestimenta corresponde a la que actualmente utilizan las jóvenes de esa edad.

Le gustan los colores intensos, especialmente el azul porque combina con el color de sus ojos. Telas suaves, no pesadas, vaporosas.

4. Estado civil: Era soltera, pero ahora podría ser recién casada. Aparte de haber comprado un traje de novia, aseguró que se casaría al llegar y brindó por su luna de miel. El nombre del esposo podría ser 'Raymond', ya que pronunció va-

rias veces ese nombre, lo que hizo que Allan sintiera celos.

5. *Residencia*. *La chica debe vivir en esta ciudad, ya que, de lo contrario, no habría tenido tiempo para casarse el mismo día de su llegada, como dijo que haría. Posiblemente en un vecindario o urbanización de clase alta o media. Sin embargo, si logró salir del aeropuerto, podría estar temporalmente fuera de la ciudad y/o del país, en su luna de miel.*

6. *Educación*. *No me parece una estudiante universitaria, como pensó primeramente Allan, ya que no tiene la menor idea de lo que es un juego de ajedrez. Cualquier estudiante de una escuela, un colegio o de cualquier otro buen centro educativo, sabría lo que es un juego de ajedrez. No saberlo, es un signo de incultura, aunque no de mala educación, pues fue muy cortés y amable con el embajador y con las azafatas.*

Me inclino a pensar, por su edad, que estudia en los primeros años de algún instituto tecnológico y, específicamente de computación. Eso no quiere decir que tenga conocimientos profundos, sino que posee ciertas habilidades para utilizar algunos equipos y programas electrónicos. Maneja muy rápido los botones virtuales.

7. *Actividad*. *Además de estudiar, posiblemente ahora también se ocupa de los oficios propios del hogar, ya que está recién casada.*

170

Tiene vinculaciones de trabajo con un centro o academia de computación, uno de cuyos dueños podría ser el tal Raymond. Además en ese negocio hay otro posible socio, pues ella mencionó a un 'Julio'.

Ignoramos cuál es ese establecimiento, pero la dama señaló que ese centro adquirió recientemente una computadora HP con una pantalla táctil de cierto tamaño. Probablemente ese negocio está ubicado en un centro comercial de lujo o una casa remodelada al efecto en el este de la ciudad, dada la posición social de la dama. Una mujer que viste de esa manera tendría problemas para ingresar a un barrio.

También sabemos que Julio es casado, porque ella misma afirmó que tenía una esposa, con la cual seguramente la joven no se lleva muy bien, pues solo le permite usar la nueva computadora en horas de la madrugada; y eso es lo peor que puede hacérsele a una fanática de los juegos electrónicos.

Presumiblemente su esposo es el socio mayoritario o principal del negocio, pues la pelirroja señaló que 'ahora' la esposa de 'Julio' tendría que dejarle usar la computadora cuando ella quisiera. El término 'ahora' debe referirse a su matrimonio.

Pero de las palabras de la joven sobre el centro de computación, podemos sacar más conclusiones: probablemente ella vive, vivía o pernoctaba frecuentemente en el local de ese establecimiento, pues usaba la nueva computadora durante las 'madrugadas', cuando se supone que el negocio debe estar cerrado.

Y pensándolo bien, la joven podría no solo vivir, sino también trabajar o colaborar en ese establecimiento como una simple auxiliar, porque parecía estar acostumbrada a ir explicando, como una maestra, lo que hacía mientras jugaba, para que Allan aprendiera, sin darse cuenta de que él era un diplomático y no uno de sus alumnos. Incluso lo tuteaba, como si se tratara de un joven de su edad, lo que Allan, en un arranque de optimismo, interpretó como un intento de seducirlo.

9. Análisis sicológico. Es una muchacha que no ha salido del todo de la adolescencia, pero que tiene un hermoso y seductor cuerpo de mujer, más desarrollado que su cerebro. Actúa a veces como una niña, que necesita amor, cariño y comprensión; otras como una mujer madura plenamente desarrollada, independiente, acostumbrada a llamar la atención, ejecutiva. Que ve a los demás como a niños que requieren detalladas explicaciones.

XXXII

El capitán preguntó a Pablo y a Felipe:

—¿Qué pasó con el auto negro que nos atacó? ¿Averiguaron algo sobre él?

—¿El Buick negro? Sí, capitán. Respondió Felipe. *Tan pronto recibí de Pablo la orden de buscarlo, movilizamos nuestra unidad aérea, que lo encontró cerca de la autopista. La unidad lo siguió hasta un distribuidor. Desde el auto dispararon al helicóptero y perforaron la cabina. Tenían armas largas y de gran calibre. Nuestros hombres se vieron obligados a regresar, pero pidieron refuerzo; y otro helicóptero persiguió de lejos al vehículo hasta una zona montañosa, donde lo perdieron de vista.*

Al amanecer, encontramos al auto en el fondo de un barranco, quemado. Lo sacamos con una grúa y lo estamos examinando. En la maleta estaba el cadáver de una mujer de unos cuarenta años, carbonizado.

Sobre una parte no quemada del asiento del Buick, encontramos un pequeño rastro de sangre, que Pablo nos ordenó enviar al laboratorio para que Joel buscara posibles huellas dactilares y determinara el ADN de la persona que perdió sangre. Probablemente alguno de nuestros atacantes resultó herido o muerto. Pero no fue un único rastro de sangre: En el asiento delantero derecho había otro, muy pequeño. Joel nos dijo que a pesar del fuego hay algunas probabilidades de obtener el ADN en la médula de los huesos del cadáver y en esos rastros.

Debajo de la cerradura del capó, encontramos una huella digital, con un mínimo rastro de sangre. Sin embargo, podría no ser de uno de los atacantes, sino de alguien del taller.

—Tiene que ser de uno de los que nos atacaron, afirmó Pablo, *porque no creo que después del ataque se hayan detenido para abrir el capó y medirle el aceite al auto, y luego quemarlo. Seguramente lo abrieron para borrar huellas digitales, por si acaso el incendio no las había destruido a todas, y se les pasó por alto que al abrir o cerrar el capó, dejarían otra huella. Ese rastro de sangre revela que fue estampada después de que la persona que iba dentro del vehículo había sido herida.*

—*¿Pudieron obtener los seriales?*

—*Sí, el fabricante del automóvil nos reveló dónde estaban sus seriales secretos, y con esa información pudimos averiguar que el Buick había pertenecido a una octogenaria que estuvo varios años enferma hasta que murió. Permaneció inservible y abandonado en el garaje de la casa de esa señora. Meses después uno de sus nietos lo mandó a reparar a un taller en las afueras ciudad, de donde desapareció. Los dueños del taller reportaron el hurto un día antes del atentado.*

—Averigüen lo que puedan sobre el heredero y sobre los dueños y empleados de ese taller. Háganles las pruebas de luminol y de pólvora para averiguar si tuvieron contacto con la sangre o si dispararon armas. Es inusual que una octogenaria estuviese usando un vehículo con vidrios ahumados. Alguien se los puso para atacarnos. También es extraño que el taller hubiese reparado el vehículo y que no lo haya entregado al nieto.

La denuncia de la sustracción pudo ser una maniobra para tener una coartada. Verifiquen si el automóvil estaba asegurado y si la compañía de seguros pagó indemnización, y en caso positivo, indaguen quién recibió esa indemnización.

—Muchas pruebas ya las hicimos, Harry, recuerda que estuviste varios días haciéndote el muerto para dejarnos, como siempre, todo el trabajo a nosotros, y esas pruebas convenía hacerlas de inmediato. Arrojaron resultados negativos, menos la de uno de los empleados del taller, a quien estamos buscando.

—Muy bien, muchachos. Son unos buenos policías.

—Como médico responsable de la salud del capitán, les ruego suspender las conversaciones por unas dos o tres horas, pues él está muy agotado y terriblemente adolorido. Acaba de salir de un coma profundo y lo tienen hablando como un loro. ¿Es que no ven lo que le cuesta hablar?

XXXIII

Dos horas más tarde, regresaron Pablo y Felipe a la morgue. Como siempre, llevaban gaseosas, cervezas, papas fritas y sandwiches para todos, incluyendo al embajador.

—¿Cuándo van a entender que un enfermo del corazón, que hace pocos días tuvo un infarto, no puede ni debe comer comidas grasosas y saladas? ¿No podrían traerle más bien una sopita o un pollo hervido, o una avena, y agua mineral? ¡Ustedes son más peligrosos para él que los maleantes que lo están buscando para asesinarlo!

Y por lo que respecta al capitán, ¿no recuerdan que hace pocas horas todavía estaba inconsciente, en estado de coma profundo? ¿Es que quieren vengarse de él? ¿No se dan cuenta de los terribles dolores que el pobre está padeciendo? Hace unas horas, cuando se fueron, casi vuelve a entrar en coma. Como médico responsable de la salud de Allan y de Harry, les ordeno que...

—Cálmate, Henry. Tú eres médico forense y solo puedes cuidar de la salud de tus muertos, para que no se enfermen ni mueran de nuevo.

Con relación a la comida, si en la cantina de la central de policía nos ven a Felipe o a mí pidiendo en la barra una sopita de pollo o agua mineral, puedes tener la absoluta seguridad de que nos seguirán hasta aquí para averiguar si estamos escondiendo unas amantes o qué nos está pasando.

No podemos alterar nuestra rutina sin levantar sospechas. Pero trataremos de que Harry mantenga cerrada su bocota mientras continuamos adelante con la investigación.

Recuerda que 'tiempo que pasa, prueba que huye', y perdimos quince días esperando que despertara esa bella durmiente. Claro está que somos culpables de que se mantuviera dormida, porque ninguno de nosotros se atrevió a darle un beso en el bigote.

Harry rio de buena gana y respondió:

—Los locos a veces aciertan, Henry. La verdad es que las hamburguesas me han prestado, me han hecho sentir mejor, tenía mucha hambre y necesitaba alimentarme, porque solamente había comido plomo. Mi problema no fueron las balas, sino el hambre. Los dolores son muy fuertes, pero no insoportables, y Pablo tiene razón: no podemos perder tiempo ni mantener indefinidamente esta situación.

A estas alturas, todo el mundo diplomático debe estar alarmado, preguntándose dónde está Allan. El ministro Carlos Ignacio ya llamó a los del FBI y a otras policías para que investiguen si es verdad que Allan está vivo y dónde se encuentra. Floyd sospechaba que lo tenías escondido en esta morgue.

Fue buena tu idea de desarreglarla y ensuciarla. Si Floyd cuenta al ministro lo que vio y olio aquí, serás despedido, a pesar de que esta es una de las mejores morgues de la ciudad.

Lo que menos podría pensar Floyd es que el 'recogelatas' flaco, demacrado, barbudo y sin camisa que le abrió la puerta, era nada menos que el excelentísimo embajador. Por cierto, podrían prestarle alguna de sus chaquetas, anoche hizo frío.

Créeme, Henry, que si no comienzo a trabajar pronto, entraré de nuevo en coma. La mejor medicina que puedes suministrarme, es permitirme reanudar mi trabajo. Quédate conmigo y si ves que corro peligro, me pones una inyección para dormir, pero no hay asunto en este momento que sea más grave que lo que le ha pasado a Allan.

Aparte de que es el diplomático más famoso en todo el mundo, Allan es un ser humano y si en alguna ocasión hemos estado obligados a cumplir nuestro deber de ayudar al prójimo para que se haga justicia, es esta. No solo es una obligación jurídica, Henry; es también una obligación moral.

Sé que las bromas de Pablo son completamente inadecuadas en este triste momento y en este lúgubre lugar, y te pido mil excusas por ello, Allan, pero lo conozco muy bien, sé que ese es su estilo, y que cuando bromea es cuando mejor piensa. *No es porque sea mi hijo, pero no hay nadie que pueda superarlo; ni en nuestro departamento, ni en el FBI ni en ninguna otra parte. Es una lanza en lo oscuro.*

—Me consta, Harry. *Lo he visto trabajar días y noches en el caso, sin descansar. Jamás pensé que el trabajo de un policía pudiese requerir tanto esfuerzo y dedicación. Apenas ha podido ver en una o dos oportunidades a Magdalena. Es impresionante la cantidad de información que él y Felipe han acumulado. Cuando el FBI con sus enormes recursos va, ya Pablo y Felipe están de regreso.*

En cuanto a las bromas, tranquilo, no solo no me disgusta ni ofende el irreverente estilo de tu hijo, sino que me agrada, me tranquiliza. Nunca me había reído tanto como en esta morgue

—*Volviendo al perfil de la dama del avión, yo añadiría que es bilingüe, porque Allan dijo que le había hablado en inglés. ¿No es así, Allan?*

—*Sí, Harry, pero después me habló en español.*

—*¿Y cómo era su voz? ¿Ronca, dulce, melosa, seductora? ¿Aguda, chillona, gritona? ¿O era grave, baja? ¿Tenía algún acento extranjero?*

—*Nunca me imaginé que pudiera decirse tanto de una persona, Harry. Su voz era cariñosa, como si le estuviera hablando afectuosamente a* un hermano menor, pero con el aire de autoridad, de quien sabe lo que está diciendo.

Tienes razón en que posiblemente era auxiliar de una maestra o instructora, porque su voz era algo mandona, enérgica. Llevaba décadas siendo yo el profesor, y no el alumno, pero esa muchacha en pocos segundos, logró lo que los más avanzados y expertos diplomáticos del mundo no habían logrado: subordinarme mentalmente.

—'Más arrastra un pelo de mujer que una guaya...' ¿Y en cuanto al acento extranjero?

—Cuando hablaba en español, no le noté acento extraño, era el mismo acento de mi esposa. Pero sus primeras palabras, las pronunciadas en inglés, me recuerdan ahora al acento de mis amigos sirios con los que he tratado. Posiblemente lo aprendió allá o proviene de una familia árabe. Tengo cierta experiencia en eso, porque por mi cargo y posición tengo amigos de todas las nacionalidades, tanto hebreos como árabes, pero podría estar errado.

—Hay algo que no termino de entender, Harry.

—¿Qué es, Pablo?

—¿Cómo una joven con esas características pudo estar tan serena y tranquila si estaba en conocimiento del espantoso crimen en el cual estaba participando. Tendría que tener un corazón muy duro, frío y calculador.

Desde luego, la atractiva e inocente adolescente, que con tanta libertad y espontaneidad se recostaba en el hombro de Allan, ignorando los sentimientos que estaba produciendo en él, no reúne los requisitos mínimos para asumir simultáneamente ese doble papel, el de tierna muchachita, y el de fría y calculadora asesina.

Hemos, pues, omitido algo. Creo que la dama del avión, no sospechaba que estaba siendo utilizada como instrumento de venganza contra Allan.

—Siempre opiné lo mismo, Pablo. Esa joven era incapaz de matar a alguien, a menos que fuera de placer o en su mundo virtual. No creo que haya asesinado a mi esposa, ni participado en forma alguna en el homicidio.

XXXIV

Esa tarde, cuando Pablo regresó de la comisaría, él, Harry, Felipe y Allan se sentaron a analizar los progresos de la investigación.

—*Si la joven no es la asesina, ¿Por qué huyó de la escena? ¿Cómo desapareció sin que nadie la viera? ¿Cómo salió del aeropuerto, sin dejar rastros?*, dijo Harry.

—*Probablemente no desapareció, sino que la desaparecieron, para realizar la suplantación.*

—*¿A una mujer tan avispada?*

—*Olvidas la droga. Estoy seguro de que esa champaña contenía algo. Tanto Allan como ella fueron drogados.*

—*Es cierto que la bebida no me cayó bien. La sentí algo amarga, pero a veces las que nos dan en los aviones están avinagradas.*

—*A ella tampoco le sentó bien.*

—*Eso apunta entonces a la azafata, a la que les sirvió champaña.*

—*Y a mucha gente más, Harry, porque hubo que introducir subrepticiamente en el avión un cuerpo, el de Helen; y sacar otro, el de la muchacha. Insisto en la tesis de una maquinación siniestra, planificada, dirigida y ejecutada por una organi-*

zación terrorista o anárquica. Pero no llego a entender la intervención de esa ingenua mujer en todo eso. Hay algún elemento que se nos está pasando y que puede explicar su presencia en el vuelo 1210.

—Lo primero que tenemos que hacer, Pablo, para llegar a ella, es ver la lista de pasajeros. Tiene que haber alguna persona con sus características que haya ingresado o salido del avión.

—'Primero fue jueves que viernes', Harry. Aquí la tengo, con copias de sus respectivos pases de abordaje, huellas dactilares, fotografías, declaraciones de aduana y demás pormenores.

También pedí averiguar quién ordenó, quién adquirió y quién recibió cada pasaje, así como quién y de qué manera lo pagó. Si fue con cheque o con tarjetas de débito o de crédito, o mediante trasferencia, tendremos una buena pista que podremos seguir. Pedimos la misma información sobre el boleto de Allan, para averiguar si alguien programó que se sentara al lado de la bella dama, como un par de tortolitos, pero todo parece haber seguido los procedimientos usuales de Allan para viajar: El pasaje de Allan lo reservó su asistente en Ginebra. La adquisición del pasaje de la señora francesa, se hizo por Internet, mediante una cuenta falsa. Otras personas reservaron asientos en esa misma sección, pero perdieron el vuelo y no llegaron a montarse,

Hicimos experticias con luminol a todos los ambientes del avión, incluyendo sus departamentos de carga, puertas, portaequipajes y escalerillas, buscando rastros de sangre. Solo resultaron positivos en las poltronas de la chica y de Rushmore, en las alfombras del pasillo y en el baño de la clase ejecutiva donde la azafata se lavó las manos, y en las áreas aledañas.

Pedimos y tenemos debidamente selladas y certificadas todas las grabaciones y filmaciones internas del avión, de la zona de aduanas del aeropuerto, de sus pasillos y de las zonas de salida. Incluso de las entradas de los baños para hombres y mujeres.

Disponemos, incluso, de filmes de las personas que esperaban a los pasajeros y a los equipajes.

A estas alturas, ya Felipe ha interrogado a más de cien personas que pudieron haber tenido contacto con Allan o con la muchacha.

—¿Averiguaste algo más sobre Rudolph Lerner, el capitán de relevo?

—Sí, Harry —contestó Felipe— Es un hombre con una impecable hoja de servicios. Uno de los más experimentados pilotos de la aerolínea, casado, con numerosos cursos de aviación civil, incluyendo los de Airbus, con una intachable conducta. Tiene muy buena fama, aunque le critican que es muy indulgente con el personal. Es amante de los niños y de los animales...

—Y de bonitas mujeres, agregó Pablo.

—¿Hablando de mujeres, descubriste algo sobre la chica que acompañaba a Rudolph, su 'esposa de relevo'? ¿Estaba registrada en el vuelo 1210?

—Sí. Es una joven madrileña, Romelia Fernández, que estudia idiomas en una universidad vasca. Antes trabajó como azafata en una de las rutas de la aerolínea. Compró su boleto en una agencia de viajes de Madrid y lo pagó en efectivo. Verificamos su documentación y es correcta. Estaba formalmente registrada y abordó el avión. Todos los tripulantes dan fe de que cuando entró ella habló con el capitán y otros tripulantes. Después se encerró con el capitán Rudolph y solo salió en dos oportunidades.

—¿Tomaron muestras de ADN a los demás pasajeros, Pablo?

—Sí. Algunos se opusieron, pero entraron en razón al ver cómo sacaba brillo a mi amada Colt 45. No sé por qué se impresionan tanto al ver esa pistola, a mí me parece una bonita escultura. Verla y sentirla en mis manos me tranquiliza, podría pasar horas observándola.

—Es lo que haces todo el día, Pablo. Le echas tanto aceite a esa vieja pistola que algún día se te resbalará de las manos. Es un peligro no solo para los maleantes. Te vas a meter en un lío si sigues amenazando a los testigos.

—En el laboratorio, Joel nos tiene listos los resultados de las experticias que ordenamos hacer a la chaqueta de Allan. Tenía varios cabellos rojos, que correspondían a una persona joven. También estaban unos cabellos grises, que corresponden a los de Allan. Y tenía unas fibras negras que los expertos piensan que pueden ser cabellos artificiales.

—¿Estás seguro de que no anduviste con otra mujer, Allan?

—Completamente seguro, Harry.

—Entonces la joven se disfrazó con una peluca.

—Si se disfrazó, Harry, es porque es culpable. En la basura encontramos una peluca. Estamos revisando el ADN de los cabellos naturales que en ella se encuentran, para compararlo con los que tomamos a cada pasajero. La dama pudo aprovechar el revuelo causado por el descubrimiento del cadáver para cambiarse rápidamente y mudarse a otra poltrona.

—O para salir del aeropuerto. Felipe.

—Es posible.

Pablo prosiguió:

—También estamos realizando experticias a las botellas y a las copas de champaña. Retiramos toda la basura y desperdicios del avión, incluso los de los baños, y los colocamos en bolsas cerradas en tu oficina, Harry. El olor es espantoso. Los de las oficinas vecinas me preguntaron si teníamos allí un cadáver, pero les dije que eran tus medias y tu ropa interior.

—Muy gentil de tu parte.

—Lamentablemente, nos vimos obligados a permitir la salida del avión, porque había un gran número de pasajeros en tránsito, en su mayoría extranjeros. También tuvimos que dejar salir a todos los tripulantes y pasajeros del aeropuerto. No pudimos retenerlos más tiempo sin evidencias contra ellos, porque un juez nos ordenó liberarlos.

Además, se habría visto muy mal que la policía liberara a Allan que era el principal indiciado y que retuviera a los demás pasajeros. Pero aunque los dejamos salir, a los más sospechosos los están siguiendo nuestros agentes encubiertos.

—Me sorprendes, Pablo. Es increíble todo lo que has hecho.

—Yo simplemente hice lo que normalmente tú haces, Harry: gritar, dar órdenes, comer, dormir y regañar. El mérito no es mío, sino tuyo: me copié de ti.

Quienes sí trabajaron fueron Felipe y su equipo, que actuaron con su característica rapidez y eficiencia.

—Muy bien Felipe. Tu 'ala móvil' es vital para nuestra central de policía. Todas las demás la envidian. Dime: ¿Qué han averiguado ustedes sobre la monja que estaba en el avión y sobre su acompañante?

—Hemos estado indagando en todos los templos, colegios y demás sitios religiosos, sobre monjas bigotudas y enfermas que hayan ingresado en los últimos días a la ciudad. En uno nos informaron que sabían de una monja enferma de cáncer, que dirigía un colegio de una ciudad del interior del país, quien habría viajado al exterior para hacerse un tratamiento, pero se extrañaron cuando les pregunté si tenía bigotes. Envié a uno de mis hombres a averiguar sobre esa monja, pero temo que se enamore de ella.

—Ese chiste fue malo, Felipe. Todo se pega menos la hermosura. Se te están pegando algunas malas mañas de Pablo. ¿Puedes decirme algo sobre las huellas del supuesto médico en el espejo?

—Joel la identificó. Esa huella corresponde a un señor gordo, que sabe tanto de medicina como yo de ruso, pues según nuestros archivos es un viejo escritor que tiene un consultorio esotérico. Lo investigamos y parece ser que cuando se pone una guayabera blanca, jura que es médico graduado y se la pasa recetando pócimas, pepas de cacao y toda clase de brebajes a sus vecinos y a cuanta persona encuentra por la calle.

—Es peligroso: debe tener en su historial más muertes que el asesino del avión.

—O que la asesina del avión, pues podría ser una mujer.

—Cierto, pero consigan más información sobre ese hombre. Algunos se hacen los locos intencionalmente. Hay algo que no termina de convencerme en ese médico o curandero. Demasiada coincidencia que estuviese allí, en la escena del crimen, justo en el momento de los hechos, y que declarase como recién muerta a una mujer que tenía más de dos días de fallecida.

¿Algún otro médico atendió al llamado de emergencia?

—Ninguno, señor.

XXXV

Como una deferencia hacia Allan, Henry había colocado, haciendo las veces de mantel, un viejo periódico sobre una de las mesas de granito, para que les sirviera de informal comedor. Pablo y los hombres de Felipe aportaron al "banquete" su ya tradicional "comida chatarra".

Mientras almorzaban, Pablo comentó:

—*Otra cosa que no entiendo, es cómo una mujer que venía de Ginebra, en un avión que despegó con unos minutos de retraso, porque había una tormenta de nieve, estaba vestida de esa manera, con una ropa vaporosa, cortísima, sin parte de su ropa interior, casi desnuda... ¿Tiritó? ¿Se quejó del frío? ¿Llevaba un abrigo? ¿Guardó algún suéter o chaqueta en el portaequipaje? ¿Qué tenía en su maletín personal, el rosado?*

—*Si ella tuvo frío, no lo noté, Pablo. Es posible que esa haya sido la causa de que se arrimara a mí: obtener calor corporal. No vi que usara abrigo alguno, ni que lo guardara. Lo único que llevaba era el maletín rosado y un pequeño bolso de mano, además de su teléfono inteligente.*

—*Nada de eso apareció, Pablo.*

—*Ni ella, Felipe. Se esfumó o la esfumaron, dijo Pablo mirando fijamente una telaraña en la bombilla del techo.*

—No me has respondido sobre el contenido del maletín rosado. ¡Tuvo que pasar por la revisión antes de que ella ingresara al avión! ¿Qué llevaba en ese maletín?

—Tenemos la grabación del contenido de ese maletín, cuando pasó por la máquina electrónica de revisión: Solo vestidos livianos, principalmente sostenes, pantaletas, cepillos, un secador de pelo, toallas sanitarias, pinturas de uñas y otros artículos de tocador.

—¡Qué raro! ¿Y el teléfono? ¿Y el traje de novia?

Se hizo un silencio profundo y todos miraron a la pequeña araña que estaba en una esquina del techo que Pablo observaba con tanto detenimiento, hasta que se dieron cuenta de que el detective solo estaba pensando con los ojos abiertos.

Después se levantó y sin decir palabra salió al patio interno.

—Es parte del teatro de Pablo, dijo Harry, riendo. Los demás hicimos el ridículo. Quizás leyó en alguna parte que un detective debía quedarse mirando fijamente las telarañas. Dentro de unos minutos lo oirás exclamar: ¡Claro! ¿Pero cómo no se me había ocurrido antes? Y entonces regresará con una sonrisa triunfal y te hará una brillante exposición sobre el caso.

Los otros rieron la ocurrencia de Harry.

A los pocos minutos, se oyó a Pablo exclamar:

—*¡Claro! ¡Que tonto he sido! ¿Cómo se me pudo pasar ese detalle por alto?*

—*¿No se los dije? Ahora viene la exposición magistral.* Dijo Harry, satisfecho.

Pablo regresó donde lo esperaban sus amigos, ansiosos por conocer lo que había descubierto después de su profunda cavilación, y que ahora a él le resultaba tan obvio, pero el inspector se limitó a decir:

—*¿Prepararon café? Necesito tomarme algo caliente.*

—*Ahí tienes el termo, hijo. Toma lo que quieras.* Le dijo Harry, desencantado por haber fallado su pronóstico.

Pablo se sentó y se quedó mirando de nuevo la telaraña en silencio.

—*Creo que ahora sí está pensando. Algo muy importante descubrió, Allan. Esa reacción no es normal.*

XXXVI

—*¡Larissa, papá!, ise llama Larissa!* Exclamó Pablo muy alegre desde el umbral de la morgue devenida en clínica, con infantil alegría.

Harry observó con paternal satisfacción que desde el día que lo hirieron, Pablo lo tuteaba con más frecuencia. Antes lo hacía solo en privado cuando no había nadie más presente. Ahora lo hacía enfrente de todos los que estaban en la morgue y varias veces lo había llamado "papá".

Era como si el joven detective quisiera demostrarle públicamente su afecto; lo que ya Harry bien conocía. El atentado que ocasionó la muerte del padre natural de Pablo, lo dejó totalmente huérfano, porque su madre también había fallecido.

Él y Sandra habían asumido entonces el papel de padres de Pablo, lo habían criado y amaban como un hijo más, y estaban orgullosos de ese otro hijo, rebelde, a veces irrespetuoso.

Quizás la memoria de sus padres biológicos había sido hasta ese nuevo atentado contra Harry, una barrera que había impedido al detective llamarlos espontáneamente "papá" o "mamá".

Pero ellos jamás le exigieron ese tratamiento, aunque lo deseaban. En señal de respeto, aunque excepcionalmente, cuando estaban a solas, Pablo tuteaba a sus padres adoptivos, pero por lo general Pablo solía tratar de usted a Harry. Sin embargo, al mismo tiempo bromeaba con él, para dejar constancia de que no solo era su jefe, sino también su padre. Lo que tampoco era necesario, ya que en el departamento sabían que era el muy amado hijo adoptivo del capitán. *Déjalo, solo está marcando terreno frente a los demás del departamento*, decía Harry a Sandra.

Cuando Pablo contrajo matrimonio con Magdalena, la boda se celebró en la casa de los Campbell, la misma donde siempre había vivido desde la muerte de su padre. Los otros hijos del capitán, Ben y Gloria, amaban igualmente a su nuevo hermano, a quien habían ayudado a criar, pues eran algunos años mayores que él.

—*¿Larissa, quién es Larissa, hijo? No conozco a nadie con ese nombre.*

—*La dama del avión, Harry. La de las pecas. Ve esta foto.*

—*La foto no me dice nada, Pablo, porque jamás la vi. Enseñémosla a Allan, que es el único que puede reconocerla.*

—*¿Y si le da otro infarto?*

—*No me dará, Pablo. Todavía no han pasado los efectos de la aspirina que me dieron en el hospital de Nueva York. Déjame ver esa foto.*

Después de verla por unos segundos, Allan les dijo.

—Estoy seguro de que es ella, Pablo. Esa foto fue tomada cuando ya habíamos bebido varias copas de más.

—¿Cómo conseguiste esa foto, Pablo?

—No olvides que ahora tengo tu cargo y sueldo, Harry.

Como Jefe encargado del departamento, contraté a una bella, voluptuosa y simpática joven, a quien envié con un gran escote a solicitar información sobre los cursos que impartían, pues supuestamente ella deseaba buscar empleo como instructora de juegos de alta tecnología.

Como nuestra agente secreta, además de tener bellos senos, también conoce bastante de series y de videojuegos, rápidamente entró en contacto con los encargados de cada centro para ofrecer sus servicios como eventual profesora de videojuegos, aunque también manifestó estar interesada en profundizar sus conocimientos.

Su misión era averiguar discretamente si en el centro que visitaba había alguien llamado Raymond o Julio, o si había una linda profesora con las características tan apreciadas por Allan.

En vista de que la dama aparentaba ser de la clase media alta, le ordené empezar por los videocentros de la zona este.

Después de visitar infructuosamente cuatro centros, entró en uno, donde un hombre de unos treinta y cinco años de edad, llamado Fred, le informó que allí sí estaban necesitando una profesora, pero que el dueño no estaba en ese momento.

Le dijo que llamara más tarde a un teléfono que escribió sobre un papel.

Estaba a punto de irse de ese lugar, cuando vio que el nombre que le había escrito era 'Raymond'. Entonces decidió investigar más. Preguntó sobre los equipos, y el hombre le enseñó varios ordenadores, y le indicó: 'En la oficina tenemos una nueva computadora que adquirimos hace poco, pero uno de los socios la tiene acaparada'.

Cuando nuestra agente estaba charlando muy animadamente con ese empleado, salió una mujer de la oficina, la miró de arriba a abajo, como analizándola, y le dijo: 'Seguro te la mandó Raymond. Se las busca a todas tontas y parecidas a Larissa. ¡Ojalá no vuelva a caer en lo mismo!

—¿Y qué hizo tu nueva agente?

—Mejor es que sea ella misma quien te lo diga, Harry.

Tiene un lunar en forma de estrella que es toda una preciosidad.

—¡Diana! ¿Eras tú?

—Sí, capitán. Me alegra verlo vivo. Asistí a su funeral y creí que había perdido mi oferta de empleo.

XXXVII

—*Continúa tú el relato, Diana. El capitán quiere saber cómo obtuviste esa foto. Y Allan quiere ver de nuevo tu lunar, para ver si recuerda algo más.*

—*Entonces me hice la ofendida, porque sé que cuando uno no sabe qué decir, debe atacar a su interlocutor; y haciéndome la ofendida, les dije:*

—*'Solo vine a buscar trabajo y a obtener información sobre los cursos de videojuegos. Nada tengo que ver con su esposo, ni lo conozco. Quédese con él para usted sola. No me interesa, y ahora tampoco el trabajo'.*

—*'Ella no es la esposa de Raymond, reaccionó Fred, sino la de su socio. ¿Cómo te llamas?'*

—*'Mary Wilson, le respondí, pero ya me voy. Vine buscando trabajo, no a que me insultaran'.*

—*'Espera —me respondió el empleado—. Tenemos una vacante, precisamente de una profesora de videojuegos. Creo que reúnes los requisitos para cubrir provisionalmente esa ausencia, mientras regresa Larissa. Tendrás la misma remuneración que ella'*

—*'¿Y cuándo regresará Larissa?'.*

Pero quien me respondió fue la mujer. En tono despectivo expresó:

'Esa mujercita se hacía la inocente y, aunque convivía con Raymond, no perdía ocasión para acercarse a Julio, con el pretexto de hablar sobre los juegos. Creía que yo era una tonta y que no me daba cuenta de que buscaba cualquier excusa para enseñarle los senos, y que Julio se volvía loco con sus pecas.

'Pero no te preocupes por su regreso. No volverá. Estaba comprometida con ese idiota, inventó que iba comprarse el vestido para la boda en el exterior y no regresó. Afortunadamente para Raymond, se quedó por allá con otro hombre'.

—'Lo siento' —dije al empleado—. 'Gracias de todas maneras por el ofrecimiento'.

El empleado me acompañó hasta la puerta y se despidió muy amablemente de mí con las siguientes palabras:

—'Disculpa, esa mujer siempre es así: tiene muy mal carácter y es demasiado celosa y posesiva. Algún día Raymond la despedirá. No sé cómo la tolera. Debe haber habido algo entre ellos, porque él es un hombre con muy fuerte carácter. Cuando viene, todos tiemblan; pero con las chicas bellas como tú, se comporta de muy distinta manera. Le agradarás. Soy quien lo representa ante su socio, Julio, y ante esa víbora. Si quieres el trabajo, yo lo llamaré'.

— 'Gracias, Fred. Lo pensaré. No sé si aceptarlo o no. No quiero tener líos con esa víbora. Pero necesito el dinero. Mañana o pasado vendré de nuevo, a menos que haya encontrado otro empleo. De todas maneras, anota mi teléfono.'

—'Te llamaré, Mary'.

XXXVIII

—Pero todavía no me has dicho cómo obtuviste esa foto, hija...

—El capitán es como 'El Principito', Diana: insiste hasta que le responden. Vive interrogándonos a todos y nunca se conforma con una pregunta sin respuesta. Lo que él quiere saber, es si le enseñaste el lunar a Fred para que te diera la foto de Larissa.

—No, capitán. Aunque ese tipo no estaba nada mal, todavía no le he dado nada, aparte de las buenas tardes. Esa foto la obtuve a través de otra vía:

Pablo me dio instrucciones de hacerme amiga de unas estudiantes que viajaron en el mismo vuelo 1210. Me hice pasar por una de las pasajeras. Como habían sido entrevistadas previamente por el equipo de Felipe, Pablo me informó que una de ellas trabajaba en una de las mejores tiendas de ropa femenina. Ingresé a la tienda y pedí a la joven que me asesorara para comprar un traje. Fue muy amable y gentil conmigo.

Entonces le dije:

—'Creo haberte visto recientemente en alguna parte'.

—'Puede ser, pero estaba afuera, acabo de regresar de Europa'.

—'¡Ah, sí, claro! Ya recuerdo dónde te vi. Tenías un pantalón blanco y un suéter negro, muy elegante. Yo también estaba en el vuelo 1210. ¡No me dejaron salir sino dos días después, y no pude cambiarme, ni cepillarme los dientes, porque alguien había colocado una bomba en el avión!'

—'¡Qué casualidad! El mundo es muy pequeño. A mí me pasó lo mismo. Me interrogaron, registraron mis huellas, me retrataron, tomaron muestras de mi saliva, examinaron mi equipaje, mi pasaporte, ¡todo...!, ¿pero dices que una bomba? A mí me dijeron que era porque el embajador Rushmore estaba en el avión, con una amante, una artista de la televisión, y que ella se había cortado las venas. Yo creo que era menor de edad y que por eso todo ese misterio'.

—¿Rushmore tiene una amante? ¡Quién lo creería!

—'Tiene, no; tenía, porque la chica murió'.

—'Pobre. ¿Tú la viste?'

—'No solo la vi. La retraté. Los retraté a ambos, juntos, abrazados. Les pedí sacarnos un selfi, pero la joven estaba jugando y me dijo que cuando terminara el juego podíamos tomarnos las fotos que quisiéramos. Estaba muy concentrada con su celular y me dio pena insistir. Más tarde fui al baño, y de regreso, ella me reconoció y me saludó muy amablemente. Creo que ambos estaban ebrios. Aproveché para tomarles la foto y regresé a mi poltrona. El embajador estaba embelesado, viendo el rostro de su chica, pero ella sí salió de frente, sonriendo'.

—'¿Y tienes la foto?'

—'Sí, aquí en mi celular. ¿Quieres verla?' y me la enseñó.

Entonces ofrecí a la vendedora que si me mandaba la foto a mi celular, le compraría el costoso traje que me acababa de probar, y ella me la mandó.

—¿Y le compraste el costoso traje?, le preguntó Harry con cara de preocupación.

—Sí, capitán. Había empeñado mi palabra. Además, Pablo me dio carta blanca para ello. Nunca había comprado un vestido tan bello y tan caro. ¡Muchas gracias!

—Por nada hija, hiciste un buen trabajo. Te felicito. Después hablaré sobre finanzas con el inspector Pablo. Fue muy generoso al pagarte ese vestido con su sueldo. En agradecimiento tendrás que enseñarle el lunar. Si se entera Magdalena, te meterá en una de esas frías gavetas.

—Es a ti, a quien Diana tiene que agradecer el vestido, Harry. Lo pagué con tu sueldo. Desde que moriste, me ascendieron y estoy ocupando tu cargo. Te pagaban muy bien y ahora me sobra el sueldo.

—Allan, cuando salgamos de esto vas tener que ayudarme a salir de este lío. Este loco va a hacer que me metan preso y de paso va a dejarme arruinado. Se necesitará un hombre de tu experiencia para que cuando resucite no me lleven a la silla eléctrica.

—Diana, dijo Harry. Es difícil asumir tres personalidades a la vez: la de Larissa, la de la compradora del vestido y la tuya misma. Tienes mucho futuro para reemplazar a Pablo.

—Tiene otra personalidad secreta, Harry. La de camarera de uno de los mejores hoteles de la ciudad: ella también es Ada, la mujer que está espiando al agente Floyd Warren.

XXXIX

—Ahora no puedes criticar mucho, Harry, pues tienes mi misma sangre.

—Es cierto, capitán. Tuvimos que hacerle una transfusión. Usted había perdido mucha sangre y Pablo le dio la suya.

—¡Henry! ¿Cómo me hiciste eso?

—No teníamos otra persona con su tipo sanguíneo. Tuvimos la suerte de que Pablo fuera de su mismo grupo.

Pablo casi deja este mundo por donarle su sangre, Harry. Me dio instrucciones de dársela íntegra, que le diera absolutamente toda la que usted necesitase. Y él casi se muere.

—¿Dices que Pablo casi murió por transferirme su sangre?

—Sí, Harry, pero fue mi culpa: Me concentré en salvarte la vida y olvidé que él todavía estaba donando. Cuando me di cuenta, Pablo ya estaba prácticamente emprendiendo su viaje final. Tuve que donarle mi propia sangre para revivirlo.

—¿Y cómo supiste que Pablo y yo teníamos el mismo tipo de sangre? En la morgue no tenías equipos ni instrumentos para eso, Henry.

—El propio Pablo me dijo que ambos pertenecían al mismo grupo sanguíneo.

—¿El mismo grupo? ¿Estás seguro? ¿Cuál es mi grupo sanguíneo, Pablo?

—El mismo tipo de sangre con el cual yo nací, Harry.

—¿Y cuál es el tipo de sangre con el que naciste?

—Lo ignoro. No asistí a esa clase de Biología.

—¿No sabías cuál era tu tipo de sangre, ni el mío, y engañaste a Henry para que me hiciera la transfusión? ¡No sabes el riesgo que corrimos! Exclamó Harry, alarmado.

—Menos mal que ese riesgo no lo corrieron en la segunda transfusión, en la que fuiste tú, Henry, quien le donó sangre a Pablo. Encontramos tu grupo sanguíneo en tu identificación. Dijo Sebastián.

Una sonrisa de Pablo, hizo que Henry sospechara:

—El que estaba en tu carné era tu grupo sanguíneo, ¿verdad? ¿O no? ¡Dime que sí!

—Puede que sea. Ya les dije que no sé a cuál grupo pertenezco. Cuando me iba a sacar el carné, me copié ese dato de la identificación de otro policía, que lucía muy saludable.

Todos estaban alarmados. Pablo los dejó desahogarse un rato, y después les dijo:

—Tranquilos, que ninguno de nosotros murió. Ahora Harry tiene mi sangre y yo la de Henry. ¡Somos los tres mosqueteros del departamento de policía!

—Me gustaría donarles mi sangre para ser el cuarto mosquetero, dijo un sonriente Allan.

XL

—*El FBI sigue trabajando para nosotros, Harry.*

—*Cuidado, puede ser una trampa, Pablo.*

—*No, la información nos llega de una muy buena fuente: Diana colocó la fotografía de Larissa en Interpol. Le informaron que el FBI está buscando a una joven desaparecida cuyos datos coinciden con los de la foto.*

—*¿Descubrió algo más? ¿O tiene que comprar otro costoso vestido para averiguarlo?*

—*Sí, Harry. Pero no tuvo que ponerse un nuevo vestido, sino quitárselo: Es Larissa Assad, nieta del príncipe Mohamed Assad, representante de los países árabes para la firma del tratado Rushmore.*

—*No puede ser.* Exclamó Allan, desolado.

—*¿Qué más, Pablo? Te conozco. Te estás guardando algo.*

—*Dicen que fue un secuestro.*

—*Prosigue.*

—*En el FBI todavía creen que está viva.*

—*¿Creen Pablo? Dilo de una vez, por favor.*

—Te explico, Harry: El FBI en los Estados Unidos posiblemente ignora que está muerta, pero aquí sus agentes, Floyd y sus hombres, acaban de enterarse de que su cadáver apareció en Ginebra.

—¿La joven del avión murió? ¿Apareció en Ginebra? ¿Entonces el cadáver no salió del avión?

—Eso no es posible, capitán. Dijo Felipe. 'El ala móvil' revisó a fondo ese avión, milímetro a milímetro. Le garantizo que no se quedó allí.

—Entonces la volvieron a montar.

—El cadáver había sido registrado en Ginebra, con otro nombre.

En un terreno vacío cerca el aeropuerto, alguien abandonó un pequeño maletín rosado y una maleta grande, negra.

La policía suiza vinculó esos bienes con el asesinato de la chica, pues en el maletín, escondido entre sostenes y blúmeres, encontraron un celular con varias fotos, entre ellas una en la cual aparecía abrazada a Allan.

En la maleta negra, entre otras cosas, tenía un traje de novia, un abrigo, ropa de invierno y botas, todo lleno de vómito.

Lo siento Allan, pero es nuestro deber informarte de todos los particulares. Eres uno de los nuestros.

—Disculpen, amigos. Si me permiten, iré a la oficina de Henry. Quisiera estar solo por un momento. Tengo que poner en orden mis pensamientos. ¡Esto ha llegado muy lejos!

XLI

—Ya tenemos algunas informaciones del laboratorio, Harry. Pedí a Joel comparar todas las huellas con las de la cerradura del capó. El laboratorio está entregándonos por cuotas las conclusiones, recuerda que no somos el FBI, y no disponemos de millones de dólares. Sin embargo, ya obtuvimos algunas informaciones de las muestras de sangre del asiento del Buick.

—¿Y tienes resultados?

—Son de dos personas diferentes, Joel las está analizando.

—¿Y sobre el ADN de los huesos del cadáver del maletero?

—Está listo también. Pablo fue a buscar los resultados al laboratorio, Joel pronto me llamará.

—Otra cosa, Pablo: Tenemos los resultados del ADN de las vendas de Carlos, el hombre herido a quien la supuesta Ada curó: Se trata de un sicario, que tiene un rosario de muertes en su haber. Se creía que estaba en Siria o en Palestina, pero apareció aquí.

XLII

Rushmore salió unos veinte minutos después de haberse encerrado en la oficina de Henry. En tan poco tiempo parecía haber envejecido décadas.

—*Esto no es contra mí, capitán. Usan mi nombre, mis imágenes y mi prestigio para atacar la paz. Lo de Helen sí podía obedecer a algún odio personal o a alguna causa vinculada a mi vida. Pero yo ni siquiera conocía a esa jovencita. Fue pura casualidad que se sentara a mi lado. Nunca creí que hubiese sido cómplice de los asesinos de Helen. Tú también lo dudaste. Ahora su muerte prueba que fue una simple e ingenua víctima.*

Eso demuestra, amigos, que el objetivo no es mi insignificante persona, sino destruir el tratado que los hombres de paz de casi todo el mundo firmamos.

En eso sonó el teléfono, Pablo se retiró unos metros para atender la llamada.

Regresó con una cara muy seria.

—*Era Felipe. Otra mala noticia, Harry.*

—*¿Otra? ¿Qué es una raya más para un tigre? ¡Suéltala!*

—*El cadáver que estaba en la maleta del Buick, sí era el de Alba Clairmont.*

—Eso lo sospechamos desde el principio, Pablo.

—Sí, pero la mala noticia es de que era la hija del señor Charles Clairmont, el delegado que firmó por Francia el 'Tratado Rushmore'.

—¡Eso es terrible! Debo llamar a Charles para darle el pésame.

—Si lo haces, irás preso, Allan. En Interpol creen que eres el asesino.

—¡Dios mío! ¿Qué habré hecho para merecer esto?

—Buscar la paz, Allan. La paz tiene un alto precio. Hay personas a quienes les molesta.

Henry temió que al embajador le diera otro infarto y pidió a Sebastián que le buscara algún tranquilizante en su oficina.

Sin embargo, esa otra mala noticia hizo reaccionar a Allan.

Quien habló a continuación no fue un hombre vencido, derrotado, sino el gran diplomático que durante años había dirigido los más importantes debates de la ONU, el "Guerrero de la paz", como lo llamaron algunos:

—Harry. Sé que algún día ustedes aclararán todo esto. Les di mi palabra de que haría lo que ustedes dijeran. Lo he hecho hasta ahora y lo seguiré haciendo hasta el final, hasta que descubran al asesino de Helen.

Ya no se trata solo de hacer justicia a Helen, a Larissa y a la señora Clairmont. Ahora se trata de defender la paz del mundo.

No me importa si me meten preso y pierdo todo mi prestigio, o si me matan. Pero seguiré con ustedes. Tú Harry, casi pierdes la vida por defenderme, y tú, Pablo, también te arriesgaste.

Dios y ustedes son mis aliados, mi esperanza. Dios jamás me defraudará, y sé que ustedes tampoco lo harán. Y yo, no puedo defraudar ni a mi Dios, ni a ustedes, que son mis amigos y protectores.

Díganme qué quieren que haga, y lo haré.

—Gracias, Allan. No tienes que hacer mucho, Solo tienes que esperar unos minutos. Estamos muy cerca de atrapar al verdadero asesino. Ya sabemos quién es. Estamos completamente seguros. Solo nos falta poner en orden algunas cosas, para que no se nos escape. Pero te juro por mi padre, aquí presente, que en menos de diez minutos te diremos quién fue el asesino y habremos apresado a los culpables.

Helen, Larissa y a la señora Clairmont tendrán justicia. ¡Palabra de Pablo Campbell!

—¿Quién fue, Pablo? ¿Ya lo sabes?, ¡Dínoslo! ¿A dónde vas, hijo?

—Se fue, dijo Allan, decepcionado, y no me dijo quién era; pero habló en plural. Ustedes también saben quién es el asesino, ¿por qué no me lo dicen? ¿Es que desconfían de mí?

—Cálmate, Allan. Es parte de su teatro. Pablo es manipulador. Lo que quiere es eso, ver cómo carrizo hacemos nosotros para contestarte esa pregunta; la cual, desde luego no estamos en condiciones de responderte, sencillamente porque no sabemos la respuesta. Debe estar gozando y riéndose en el baño; riéndose de nosotros, no de ti.

Pero te apuesto una hamburguesa que no pasan diez minutos sin que regrese y te diga, ¡Bueno, Allan, creo justo que conozcas la verdad, eres uno de los nuestros!

XLIII

Habrían transcurrido unos cinco minutos, cuando Pablo regresó. Todos lo miraban en silencio. Se volvió a servir café, y cuando lo hubo consumido, dijo:

—*¡Allan, eres uno de los nuestros y tienes el derecho de saber quién fue el asesino de Helen!*

Con una sonrisa al mismo tiempo burlona y de satisfacción, Harry miró a Allan.

—*La clave de todo, Allan, está y siempre estuvo en las pantaletas de la joven...*

—*¿Dijiste en las pantaletas, Pablo?*

—*Sí, Harry. Me extrañó que estuviera prácticamente desnuda una muchacha que supuestamente había llegado retrasada para abordar un avión que despegaría de Ginebra, en medio de una tormenta de nieve.*

Allan puede dar fe de que su vestido era vaporoso, muy liviano, y que en ese momento solo llevaba como ropa interior unas minúsculas pantaletas, pues no tenía sostén; aunque la máquina revisora de equipajes de mano, captó que llevaba dos sostenes en su maletín de mano, lo que comprueba que sí solía usarlos.

Como si fuera poco, las pantaletas de la dama del avión, eran muy pequeñas y de brocado. En otras palabras, ni siquiera servían para darle calor a sus partes íntimas.

Pero Allan afirmó que la dama no dio señales de tener frío, que no se quejó de la baja temperatura, pues más bien llegó acalorada y se refrescó el rostro con una olorosa servilleta de papel; que no llevaba abrigo ni suéter cuando tomó asiento a su lado; y que comenzó a jugar con su teléfono celular, después de saludarlo con toda normalidad.

Recuerden, —continuó Pablo— que al final de la reconstrucción de la escena del avión, Diana ofreció ir a la oficina a enseñarnos su lunar en forma de estrella, sin sostenedor, 'a menos que hiciese frío'.

¿No les dice nada eso? ¿Ven ahora la pista? ¡Más clara imposible!

—Perdón, Pablo. No tengo idea de lo que quieres decirnos. No veo qué relación tiene la ropa interior de la joven con el asesinato de Helen. Dijo Allan.

—Lo que les quiero decir es que es obvio que la dama no llegó al avión...

—¿Cómo? ¿Estás loco, Pablo? —Saltó sorprendido Allan— Eso no es cierto. Yo la vi, hablé horas con ella, sentí su cuerpo tibio sobre el mío... Hay evidencias de que ella sí estuvo en el avión; y las experticias sobre mi abrigo revelaron que en mi hombro se apoyó su pelirroja cabeza...

—Calma, Allan, no me dejaste terminar la frase. No pareces un diplomático, ten paciencia. Lo que te estaba diciendo antes de que me interrumpieras, es que si afuera del avión hacía tanto frío, la joven estaba casi desnuda, y sin embargo no demostró señales de tener frío, es evidente que ella no había llegado al avión en el momento en que cerraban la puerta, como tu creíste, sino antes.

—¿De dónde sacas eso, Pablo?

—Se habría congelado, Henry, o por lo menos habría dado señales de estar pasando frío. No era una esquimal para considerar normal una temperatura bajo cero. De modo que es forzoso concluir que había ingresado al vuelo 1210 mucho antes del despegue, que tuvo tiempo no solo para calentarse, sino que por la calefacción del avión, llegó un momento en que sintió tanto calor que para fortuna de Allan empezó a desvestirse: se cambió la ropa de invierno por el delicado, vaporoso, fresco y llamativo minivestido azul, con el cual cautivó a Allan. Claro, eso no lo hizo delante de Allan, sino poco tiempo antes, en otro sitio más privado del avión.

Calculo que la joven tendría más de una hora dentro de la aeronave, cuando decidió sentarse, o la mandaron a sentarse, al lado del fauno, quien creyó que estaba llegando en ese momento, retardada. Quien ingresó tarde fue otra pasajera, no ella. Eso lo verifiqué.

—Sigo sin ver conexión alguna entre el frío y el asesinato.

—Eso cambió todo el enfoque del caso, Allan. Te lo probaré más adelante.

Te consta Harry, que desde el primer momento, aún antes de saber que era de Helen el cadáver que estaba en el avión, señalé que el crimen parecía un montaje para desprestigiar a Rushmore y su obra.

No me parecía lógico que Rushmore, quien estaba en el tope de su popularidad, en sus 'quince minutos de gloria', cuando regresaba exitoso, luego de haber logrado lo que nadie creyó posible, hubiese apuñalado a una desconocida en un avión, y menos si esa desconocida estaba al lado suyo.

Pero, si estaba convencido de que el asesinato había sido un montaje para incriminar a Allan, más convencido quedé cuando nos enteramos de que el cadáver, que creíamos que era de Alba Clairmont, era el de su esposa Helen, quien ni siquiera figuraba en la lista de pasajeros del vuelo 1210.

Otro importante indicio del montaje urdido contra Allan, fue que, según Henry, a pesar de que Helen había sido apuñalada, la verdadera causa de la muerte había sido un veneno suministrado previamente.

Y otro, que el cadáver de Helen había sido previamente congelado.

Y todavía puedo agregarles otro fuerte motivo para pensar en una maquinación contra Allan: El atentado contra nosotros en la ambulancia. Era evidente que el o la criminal que dirigió ese atentado, decidió matarlo, al ver que ni Harry ni yo caímos en su trampa y que en lugar de imputar a Allan y sacarlo esposado y humillado frente a la prensa mundial y al público que lo esperaba para aplaudirlo, acusándolo del asesinato de su esposa, creímos en su buena fe y decidimos protegerlo y buscar la verdad.

Ese atentado no siguió el orden lógico de un crimen, como el de Helen, efectuado con premeditación y alevosía, programado varios días antes; no, fue una reacción instintiva, de cólera, de rabia, del asesino, al ver que el curso de los acontecimientos se estaba desviando del carril que su mente le había trazado.

Y esa reacción instintiva, abrió un postigo que me permitió ver parte de la personalidad de quien diseñó el crimen, pues lo sacó de quicio. Y al tener que improvisar, que es lo peor que le puede suceder a un frío maquinador, sacó a la luz sus matones y sus armas de guerra, echando por tierra todo el escenario de un crimen pa-

sional, que tan cuidadosamente había elaborado.

En ese atentado, hirió y casi mata a Harry. De no ser por el sexto sentido de mi padre, que me advirtió sobre la posibilidad de que los supuestos enfermeros fuesen criminales, no estaríamos en este momento contándoles el cuento.

Esos hechos me revelaron varias cosas: a) La crueldad de quien había cometido el crimen en el avión; crueldad que después se ampliaría con dos crímenes más, el de la francesa y el de Larissa; b) Su deseo de imputar el crimen de Helen a Rushmore; c) El inmenso odio que el criminal sentía por el embajador; d) La ignorancia del criminal en cuestiones médicas, especialmente en cuanto a los efectos del rigor mortis y el congelamiento; d) El hecho de que quien planificó el crimen estaba acostumbrado a la violencia, a ver cadáveres, porque matar es algo fuerte, pero apuñalar a un cadáver es algo truculento, tiene una fuerte dosis de saña y de sadismo; y e) La estupidez de quien creyó que todos los demás, incluyendo los investigadores, caeríamos dentro de su absurda lógica, por causa de su mal montado escenario.

Así como elaboramos un perfil de Larissa que resultó ser bastante exacto, yo empecé a elaborar el perfil del asesino o de la asesina; y obtuve el siguiente retrato sicológico:

1. *Brutal: Era cruel, muy cruel. No dudó en matar a un ama de casa solo para causar daño al diplomático; y se valió de muy crueles medios para consumarlo.*

2. *Engreído: Era egocéntrico, quería demostrar que su cerebro era más brillante que el del famoso Allan. El hecho de considerarse una inteligencia superior lo hizo sembrar pistas falsas para despistar a los investigadores.*

3. *Calculador: Programó sus crímenes con anticipación, premeditación y alevosía.*

4. *Vengativo: Su acción no estaba dirigida directamente contra Helen, sino contra a Allan. Quería darle una lección. Interpretó la firma del tratado como una afrenta personal que debía ser castigada, vengada.*

5. *Vinculado a la aviación civil: Tenía conocimientos sobre el funcionamiento de los aeropuertos, especialmente en las áreas de seguridad y control de los pasajeros; y de movilización de equipajes.*

6. *Influyente: Gozaba de alguna autoridad que le permitía influir sobre los encargados de la seguridad de las líneas aéreas para evadir sus controles.*

7. *Acostumbrado a dirigir, a dar órdenes: Tenía bajo su mando una organización criminal cuyos integrantes le obedecían ciegamente, capaces*

de dar su vida por él. Por lo menos dos de los miembros de esa organización habían perdido sus vidas durante el ataque a la ambulancia.

8. Acaudalado: Sin un fuerte apoyo económico nadie podía crear ni mantener un grupo de sicarios, dotados de modernas, costosas y sofisticadas armas de guerra. Posiblemente ese financiamiento derivaba de los 'perros de las guerras', es decir, de quienes crean o fomentan conflictos bélicos con la finalidad de comprar y vender armas a los países litigantes.

9. Paramilitar: Por su manera de actuar y de proceder, y su total irrespeto a las leyes y procedimientos, era evidente que no pertenecía a ninguna organización regular de carácter militar o policial.

10. Torpe: No solo era brutal, sino bruto. Su engreimiento le hizo incurrir en graves errores al tratar de cubrir sus rastros; errores que más bien arrojaron nuevas pistas sobre su carácter e identidad.

11. Fanático: Abrazaba su 'causa' con ciega pasión, sin razón ni límite alguno. Era capaz de todo por esa causa, de matar o de dejarse matar. La causa todo lo justificaba, aunque las víctimas fuesen para él desconocidas e inocentes.

XLIV

Me imagino que ya todos saben quién es el asesino o la asesina. Les describí a quien cometió los crímenes con tanta precisión como Allan describió las pantaleticas de la dama del avión.

—Tengo una idea, hijo. Como tú, estoy seguro de que describiste a un guerrillero, a un peligroso líder extremista, posiblemente afectado por el tratado Rushmore, a un dirigente que no forma parte de ninguno de los gobiernos regulares de los países firmantes, que no estuvo de acuerdo con ellos, y que ahora trata de destruir el tratado, impidiendo su ejecución para volver la situación en el Medio Oriente al peligroso estado de tensión que existía antes.

—Acertaste, papá, como siempre. Pero dime el nombre del o de la asesina.

—Todavía no lo sé, hijo. Allan es quien puede decirnos quiénes se oponían a la firma de su tratado. Ya debe saber quién fue. ¡Suelta de una vez el nombre!

—Sí, Pablo. No nos has explicado todavía la importancia de la ropa interior de Larissa.

—Continúo mi teatro, señores. No se preocupen. Tengan paciencia, como la tuve yo cuando se burlaron de mí por haberme quedado pensando, viendo una telaraña en el techo. ¡No me digan que no es verdad: Los oí!

Además, falta poco y para todo detective no hay momento más placentero que el de exponer cómo llegó a descubrir al criminal.

Sigo: Aunque el asesino era bruto y torpe, una de las jugadas que hizo en ese juego de ajedrez fue magistral y me desconcertó totalmente. Me quito el sobrero y lo reconozco. Atacó a Allan con la reina: ¡Larissa!

Confieso que si Larissa no hubiese mostrado tan de cerca a Allan sus hermosos y pecosos senos, y sus pantaletas de encaje, todavía estaría yo buscando al verdadero criminal.

No lograba comprender la participación, en ese bestial juego de ajedrez, de la ingenua Larissa, quien en su corta vida jamás llegó a oír hablar de ese juego.

¿Cómo pudo ella desempeñar el papel de reina en un crimen tan espantoso? Su perfil, como antes dije, era totalmente opuesto al que yo había elaborado del posible asesino o asesina.

¿Podía haberse prestado para ejecutar ese papel una linda, inocente y enamorada jovencita, que había hecho ese viaje solo para comprar el traje de bodas con el que se casaría al llegar?

Pero quien planificó el crimen no contaba con la increíble memoria fotográfica de Allan. Si los de la NASA descubren las facultades de nuestro amigo, lo mandarán a Marte para que les describa las rocas de allá y se ahorrarían millones de dólares desperdiciados en robots....

—¡No te desvíes, Pablo! Aquí todos tenemos oficio. No podemos perder tiempo...

—¿En la morgue? No sean mentirosos. Solo Henry tiene trabajo aquí y en este momento los muertos están tranquilitos.

XLV

Después de varias discusiones y preguntas, Pablo continuó:

—*Volviendo a la tanga de Larissa, como antes les dije, saqué la conclusión de que no entró al vuelo 1210 justo cuando el avión se aprestaba para despegar, sino mucho antes de sentarse al lado del emocionado Allan.*

—*Está bien, Pablo. Es lógico y te lo acepto. Además, me consta: La dama no estaba fría sino tibia... ¿qué tiene eso que ver con el crimen de mi esposa?*

—*Muy sencillo. El ingreso al avión se inició media hora antes del despegue. ¿Cierto o falso?*

—*Cierto. Yo llegué antes y tuve que esperar más de veinte minutos, sentado en la sala de la salida hasta que abrieron el vuelo.*

—*Ajá. Solo los tripulantes y el personal de la aerolínea podían subir, ¿Verdad?*

—*Sí, claro. Ellos tenían que limpiar, desinfectar y preparar el avión antes del despegue, no podían hacerlo antes, con los pasajeros, adentro... ¡Ah!, ahora sí te sigo: ¡Larissa era parte de la tripulación!* —Exclamó Harry.

—Caliente, caliente, casi te quemas, papá, pero todavía te falta algo. Espera el resto de la explicación.

—Sigue hijo, me estoy muriendo de la curiosidad. Acelera, por favor. El público se te va a ir.

—Me extrañaba que ella hubiese hecho ese viaje sin acompañante alguno. Se sentó sola, y únicamente entabló conversación con Allan, salvo algunos breves diálogos de rutina con la azafata morena, como si no conociese a nadie en el vuelo 1210.

—Es verdad. Ahora me doy cuenta que no habló con más nadie que conmigo.

—Una dama sola, completamente sola, sin un acompañante visible, se sienta al lado de Allan, juega con él, se levanta después de varias horas, va al baño cuando la luz está apagada y quien regresa a la poltrona no es ella, sino el cadáver de otra persona. ¿No les parece raro?

Además, esa dama, Larissa, aparentemente solitaria no llevaba en sus manos ni guardó en el portaequipaje abrigo alguno; y regresaba de comprar su traje de bodas, pero aparte de un pequeño maletín, no tenía otro equipaje.

Sabemos que en ese pequeño maletín no estaba, ni habría podido estar, su traje de bodas; y, menos aún habrían cabido en él las ropas y calzado de invierno que tuvo que utilizar durante su estadía en Ginebra.

Es de suponer que una mujer feliz, que se casaría al llegar a este país, habría guardado ese traje con todo cuidado y esmero, en una amplia maleta, para que no se arrugara; y llevaría otra maleta para sus ropas de invierno.

—Cierto.

—Pero no, la dama no tenía equipaje; y su vestido de novia, y sus ropas de invierno, tampoco estaban ni cabían en el equipaje de su falsa identidad, la de la señora Clairmont. Ni aparecieron en el avión.

¿Verdad que es extraño?

Todos asintieron.

—Y si es extraño que el traje de bodas, la ropa de invierno de Larissa y el maletín rosado no hubiesen aparecido dentro del avión, más extraño todavía es que los encontraran algunos días después en un solar abandonado de la lejana Ginebra, más o menos cerca del cadáver de la joven.

¿Me siguen?

—Ahora sí, Pablo: Su traje de novia iba en la maleta de un o de una acompañante: en el equipaje del asesino o asesina.

—Correcto. Así es. ¿Pero quién era ese acompañante, vale decir el o la asesina? Ahora les voy a dar otra pista. Nos salimos del avión y nos vamos a tierra:

Después de que los desaparecí a ustedes dos, encerrándolos en esta morgue, el FBI se puso en contacto con el ministro. Le ofreció los servicios del agente Floyd Warren, para que se encargara de averiguar dónde estaba el embajador.

Al principio no sospeché de él, ni siquiera lo había visto. Solo quise espiarlo y dejar que el FBI trabajara para nosotros, pues es una de las mejores policías del mundo, solo porque tienen más recursos técnicos y económicos que nuestro departamento.

Además, como éramos quienes estábamos escondiendo al embajador, me interesaba saber si sospechaban de nosotros. Temía que nos consideraran secuestradores y que en cualquier momento llegase un equipo SWAT a la morgue de Pablo, y nos mandara al otro mundo.

Por eso ordené a nuestra más reciente y valiosa adquisición, la cautivadora Diana, que comenzara a trabajar en el hotel donde se hospedaba el agente Floyd, y como era de esperar, su lunar en forma de estrella lo sedujo en muy breve tiempo.

El subinspector Felipe y su famosa 'ala móvil' se encargaron de meterle más 'bugs' o micrófonos a esas habitaciones, que los que los rusos colocaron en la embajada americana en Moscú.

El ministro aceptó la generosa propuesta del FBI, porque no tenía más remedio. Creía haber perdido para siempre a su hombre de confianza, mi padre; y pensó que la investigación de la desaparición del alto funcionario de la ONU era un caso demasiado importante para que la dirigiera el inexperto hijo de Harry, quien además tenía una reputación de loco que trascendía las fronteras patrias.

Cuando el ministro me llamó, ya yo sabía que me presentaría a Floyd y le seguí la corriente, pues deseaba conocerlo personalmente, para sacarle más información.

Pero Floyd me tendió una trampa: hizo que lo llevara inmediatamente a la morgue, ya que, por el inusual movimiento detectado en esta hasta entonces apacible y aburrida casona, sospechó que podíamos tenerlo aquí escondido. Le extrañó que los muertos comiesen hamburguesas y papas fritas, y que tomasen tanta cerveza.

De no haber sido por el código secreto que Magdalena, Sandra y yo habíamos acordado previamente, Floyd habría localizado al embajador; sus hombres habrían entrado a la morgue a sangre y fuego; y nos habrían liquidado a todos.

Nos habrían imputado el secuestro y muerte de Allan; y las muertes de Helen y de varios más. Cosa que, por cierto, todavía pueden hacer.

Pero esa visita de Floyd a esta morgue me fue muy útil. Los policías sabemos cuándo estamos hablando con otros policías y cuándo con alguien que se hace pasar por policía.

Apenas vi a Floyd por primera vez supe que no era un policía. Su contextura física, atlética, y el hecho de estar bien afeitado y de vestir elegantemente me indicaron que no era un agente del FBI, a pesar de su aire prepotente y de que usaba oscuros lentes 'Rayban'. Quizás antes, en la época del famoso John Edward Hoover, los funcionarios de ese prestigioso cuerpo parecían artistas de cine, pero ahora son viejos, encorvados, casi calvos, con gruesos lentes, barrigones y bigotudos como Harry.

—Te estás saliendo otra vez del tema, Pablo. Sabemos que eres un genio, pero continúa, que Allan está inquieto y nervioso...

—No veo por qué Allan tiene que estar nervioso, si no es el asesino.

—Respétalo, Pablo, No es un cualquiera. Es un embajador.

—No te preocupes, Harry. Ya lo conozco.

—Bien, prosigo: Para resumirles, les diré que le pregunté a Floyd por un inexistente embajador americano en esta ciudad, de apellido White, y a pesar de que ese apellido es falso, ya que no ha existido ningún embajador americano en este país con ese apellido, me respondió que había conversado con él sobre el caso el día anterior. Además, sorprendido por esa bola rápida, se descontroló unos segundos y perdió momentáneamente el falso acento americano.

Convencido de que no era en realidad un agente del FBI, le monté otra trampa en la que no habría caído ni Harry: Mientras lo distraía hablando de otros temas, le pedí que me ajustara el espejo de la patrulla; y lo hizo. Cuando llegué a la comisaría saqué la huella del espejo y le pedí a Joel que me indicara a quién correspondía. Ese dato me lo dio Joel hace unos minutos.

Pedí entonces a Joel que me comparara esa huella con la que encontramos en la cerradura del capó del Buick y nuestro competente técnico en dactiloscopia nos confirmó que coincidían, que habían sido estampadas por el dedo índice de la misma persona.

Eso me extrañó, porque esa huella estaba impregnada de sangre, y Floyd no había resultado herido en el enfrentamiento; sin embargo, sí pudo haber tenido contacto con la sangre de Carlos, quien según Ada tenía una herida rasante en el brazo, probablemente producida por una de las balas de mi pistola.

233

Además, haciéndose pasar por la camarera Ada, Diana había logrado cambiarle las vendas de la herida al sicario Carlos. Joel comparó el ADN que estaba en esas vendas con el de la sangre de la huella del capó del Buick. Eran de la misma persona.

Fue Floyd, pues, quien se impregnó de la sangre de Carlos, al sacarlo herido del vehículo y quien involuntariamente estampó su huella en la cerradura del capó, cuando borraba las otras huellas e incendiaba el auto para no dejar rastros.

Lo demás, fue sencillo: Si quienes nos atacaron fueron los falsos detectives del FBI, ellos también habían sido los autores de los crímenes de Helen y de la dama francesa. De esto último no cabe la menor duda, pues no tuvieron tiempo para deshacerse de su cadáver: lo tenían en la maleta del Buick y lo quemaron a toda prisa, porque sabían que encontraríamos ese auto en pocas horas.

—Entonces Floyd Warren fue el asesino de mi esposa.

—Sí, Allan, esa lacra fue quien mató a Helen.

—Pero ¿cómo lo hizo?

—Él estaba dentro del avión.

—Pero Floyd no figuraba en la lista de pasajeros, ni en la de tripulantes, dijo Harry. *Tenemos hasta las huellas dactilares de todos.*

—*Para saber lo que realmente pasó, tenemos que volver a las pantaletas de Larissa*: *Ella tuvo que tener un acompañante. ¿Por qué ese acompañante no apareció durante todo el viaje? Por dos razones: la primera, porque no convenía a su macabro plan. Mientras menos lo vieran, mejor: y la segunda, porque no podía. Debía estar en otro sitio.*

Ese acompañante, señores, como antes les manifesté tenía a juro que ser uno de los tripulantes, porque solo ellos podían acceder al avión mucho antes de que despegara. Sabido es que a los tripulantes casi no les revisan las maletas, que pueden guardarlas en sitios distintos de los que utilizan los pasajeros, y que cuando las bajan en los aeropuertos, normalmente pasan de largo por todos los controles de aduanas.

Ese tripulante introdujo dos mujeres en el vuelo 1210: La primera, su novia y futura esposa, la dulce joven Larissa, a quien hizo expedir un pasaje a nombre de Romelia Fernández y otro a nombre de Alba Clairmont. La segunda mujer que introdujo en el vuelo fue Helen, ya fallecida y congelada.

Desde luego para meter un cadáver en el avión sin correr riesgos, el tripulante debía tener je-

rarquía, no podía ser un tripulante cualquiera, sino uno con autoridad, un capitán.

—Me perdí, Pablo. ¿Entonces Raymond, el prometido o casi esposo de Larissa era tripulante del avión? ¿No nos habías dicho que era Floyd?, observó Allan.

—Sí, Allan, Raymond y Floyd son una misma persona.

—¿Quieres decirnos que el asesino, Floyd o Raymond, es el capitán Balda?

—Respuesta equivocada, Harry. En mi opinión el capitán Balda está libre de toda sospecha, al igual que el capitán Torres y la azafata morena.

—Entonces, Raymond tenía que ser uno de los capitanes de relevo. Pero el capitán Rudolph Lerner estuvo todo el tiempo dentro de su cubículo y no se movió de allí.

Además, tiene fama de ser un piloto muy serio y responsable, con una intachable hoja de servicios; y el copiloto de relevo estuvo todo el tiempo reposando o bromeando con las azafatas en la parte trasera de la clase económica y jamás ingresó a la clase ejecutiva, ¿cómo pudo cualquiera de ellos haber ejecutado el crimen? Preguntó Felipe, desconcertado.

—Recuerda, Felipe, que no fue un solo crimen, sino tres: el de Helen, el de la señora Clairmont *y el de Larissa. Los dos primeros no fueron cometidos en el avión; el tercero, el de Larissa, sí lo fue.*

—*Si fue uno de los capitanes de relevo, Raymond o Floyd, que es lo mismo, lo más probable es que haya sido el capitán Rudolph Lerner, porque era el que estaba más cerca. De alguna manera salió al pasillo cuando el piloto apagó las luces, colocó el cadáver de Helen y eliminó a Larissa. ¿No es así, hijo? Pero veo una fisura en tus deducciones ¿Y Romelia Fernández, la exaeromoza de pelo negro que se encerró con el capitán Lerner en su cubículo y quien apenas salió unos minutos en dos oportunidades?*

—*Solo unas pequeñas observaciones, Harry:*

La primera es que el capitán Rudolph Lerner era un hombre de intachable conducta, muy correcto, familiar y amante de los niños.

—*'Todo el mundo es bueno hasta que deja serlo', Pablo.*

—*Sí, pero que yo sepa un difunto no puede cometer un crimen; y el capitán Lerner no pudo salir de su encierro, no porque estuviera gozando con la dama de negros cabellos en su cubículo, sino porque físicamente no podía salir: Había muerto dos años antes de un cáncer en el hígado.*

Floyd fue copiloto de Lerner. Sin embargo, como Lerner era de origen alemán y la viuda e hijos no tenían contacto con otros pilotos, Floyd ocultó a las aerolíneas el deceso y ocupó su lugar haciéndose pasar por él. Usa los vuelos como un medio de apoyo para su organización terrorista.

Floyd asumió la identidad del difunto capitán Lerner y utilizó ilegalmente sus credenciales e historial. Una de las cosas que me llamó la atención sobre ese capitán fue la contradicción entre un hombre amante de su familia y de los niños, y uno que no desperdiciaba ocasión para llevar sus amantes al cubículo.

La segunda pequeña observación, es que no fue Floyd quien personalmente colocó el cadáver de Helen al lado de Allan en el avión. Precisamente para que no se sospechara de él, cuando se apagaron las luces mandó a llamar a Larissa con la aeromoza antipática. Larissa no se levantó para ir al baño, sino para ir al cubículo de descanso de la tripulación de relevo. Ya estaba dopada por la champaña, y allí la esperaba Floyd, quien le ofreció otra copa, pero con un veneno muy fuerte.

—Entonces tenía cómplices dentro del avión. La monja y su acompañante, supongo.

—Respuesta equivocada, otra vez. Harry. La monja resultó ser una santa y paciente religiosa, que de verdad había ido a Ginebra a hacerse su

tratamiento. La acompañante regañona era su hermana.

—Si no fueron ellas, entonces los cómplices fueron los dos policías de incógnito. Exclamó Felipe. ¡Siempre sospeché de ellos y del hombre que acosaba a la azafata morena!

—Negativo, Felipe. Sí eran policías, lo verifiqué con la TSA, la oficina de seguridad de transporte aéreo.

Por lo que respecta al acosador sexual, era un profesor de moral y formación ciudadana en un distinguido plantel de niñas.

Los cómplices de Floyd en el vuelo 1210, fueron su socio, Julio, y la esposa de este, Carlota. Julio era el supuesto médico; y Carlota era la antipática azafata.

Aprovechando la oscuridad y el hecho de que los pocos pasajeros de la clase ejecutiva estaban durmiendo, esos cómplices, utilizando uno de los carritos de servicio de la clase ejecutiva, sacaron de la maleta de Floyd el cadáver de Helen, que todavía no se había descongelado del todo (esa fue una de las fallas del asesino) y lo colocaron en la poltrona al lado de Allan, quien dormía profundamente.

En el pasillo dejaron muy pequeños rastros de la sangre de Helen, que se atribuyeron al hecho de que la azafata morena (completamente inocen-

te) se fue a lavar las manos en el baño que estaba frente a la puerta del cubículo donde supuestamente Floyd reposaba.

Lo siento, Allan, esto debe ser muy fuerte para ti.

El cadáver de Larissa pasó a ocupar en la maleta de Floyd el mismo espacio que había ocupado el de Helen.

Se hizo un profundo silencio en el salón de la morgue donde estaban reunidos, solo interrumpido por los sollozos de Allan.

XLVI

Después de dos minutos, Harry dijo:

—*No has respondido todavía mi pregunta sobre Romelia, la joven de pelo negro, Pablo. ¿También la mataron?*

—*Nunca salió de Madrid. La joven de negros cabellos que subió al avión era la misma Larissa, con una peluca y muy abrigada, usando el boleto de Romelia Fernández. Como iba con un capitán los servicios de tierra se limitaron a ver el boleto.*

—*De ser así, Larissa también habría sido cómplice del crimen de Helen.*

—*No, no creo. Felipe. Oficialmente Larissa jamás abordó el vuelo 1210, pues ella inocentemente asumió dos personalidades: la de la española Romelia Fernández y la de Alba Clairmont; ignorando que su amado prometido, Floyd, la estaba utilizando como instrumento de sus crímenes, y que ella misma también sería una víctima de la macabra estrategia trazada por Floyd.*

Lo más probable es que Floyd la hubiese convencido de hacerse pasar por la española, para ahorrarse el costo del pasaje, aprovechando que supuestamente Romelia había desistido de hacer el viaje.

Después, alegando que debía reposar, el mismo Floyd pidió a la pelirroja que se sentara al lado de Allan.

Otras dos veces más, y por solo muy breves momentos, la misma Larissa, pero con peluca negra y abrigo, personificó a Romelia.

Mientras la pelirroja estaba sentada al lado Allan, los tripulantes pensaban que Romelia estaba encerrada con Floyd, pues ignoraban que ambas mujeres eran una misma persona.

La experticia que hicimos a la chaqueta de Allan, localizó cabellos pelirrojos, y fibras artificiales de color negro. Cuando la chica se sentó al lado de Allan, ya se había despojado de la peluca, pero en el cabello le quedaron algunas de esas fibras.

La dama del avión solo sirvió de inocente e involuntaria carnada para desprestigiar a Allan. Desde el principio, su supuesto novio y prometido la había condenado a muerte. Pero creo que salió ganando, la muerte era mejor para ella que casarse con ese monstruo.

—¡Espantoso! No salgo de mi asombro, Pablo. No sé si lo que siento por él es rabia, odio o asco, o todo a la vez. ¡Nunca imaginé que un ser humano pudiera encerrar tanta maldad! Dijo Allan con voz trémula.

—Contra eso estabas y estás luchando tú, mi muy apreciado y distinguido guerrero de la paz.

XLVII

Cuando Harry se aprestaba para hacer a Pablo las clásicas preguntas con las cuales solía verificar exhaustivamente cada uno de los puntos de las conclusiones de su hijo, entró al salón el subinspector Eduardo Gil, del equipo de operaciones tácticas del "ala móvil".

—*Perdonen la interrupción. 'Houston, tenemos un problema'.*

Pablo saltó como impulsado por un resorte. Esa era la clave que internamente usaban para señalar que había una alerta roja, un problema muy grave, algo totalmente fuera de control.

—*Habla, Eduardo. Todos son de confianza.*

—*Interceptamos una llamada de los agentes de Floyd. Acaban de descubrir a Diana. La van a matar.*

—*¿Dónde está?*

—*En el centro de computación.*

—*Ese centro es una fachada de Floyd para ocultar la sede de su organización. En este momento está allí con Diana y según oímos la torturará para sacarle para quién trabaja y dónde está Rushmore.*

—Vamos para allá. Felipe, trae los chalecos, las armas y municiones. Yo llevaré mi Colt'45 y sus 'peines'. Traigan fusiles ametralladores. Esos no son delincuentes comunes. Son guerrilleros. Tendremos una batalla campal. Quédate aquí con Allan, papá. De eso nos encargaremos nosotros.

—Un momento, inspector Morles. Usted fue capitán hasta que yo resucité, pero ahora el capitán soy yo, a mí nadie me deja pintado en la pared. Soy quien imparte aquí las órdenes. Usted limítese a obedecer.

—¡Encantado, papá, digo capitán! Respondió Pablo con evidente alegría al ver que su padre retomaba el mando.

—¡Vamos de inmediato! No hay tiempo que perder. La chica está en peligro y es uno de los nuestros. No podemos fallarle. En la oficina de Henry están mis armas; tráemelas también!

Te estoy muy agradecido, Henry, por todo lo que hiciste por mí. La he pasado muy bien en tu morgue, pero 'primero está el deber y luego el placer'.

—¿Qué vas a hacer, Harry? ¿Estás loco? No te has recuperado del todo.

—Voy a buscar los trozos de mi chaqueta que le diste a Floyd, Henry. Préstame una de tus batas.

Es posible que haya damas allí y no sería educado de mi parte presentarme desnudo.

—Iré también. Ahora soy uno de ustedes y ese hombre asesinó a Helen. Por favor, denme un arma. Dijo Allan.

—No, Allan. No destruyas tu obra. No podrás controlar tu rabia, tu sed de venganza. Buscabas justicia para Helen y nosotros te garantizamos que la tendrá. Dijiste que siempre confiarías en nosotros.

Más útil nos serás aquí, amigo. Cuando yo aparezca por allá, nadie creerá que estoy vivo o pensarán que todo fue una trama para secuestrarte. Te necesitamos, para que cuentes nuestra historia, la verídica.

Llama a nuestro amigo Carlos Ignacio y a la embajada, cuéntales lo que pasó. Si morimos en acción, nunca se sabrá la verdad y los asesinatos de Helen, de la señora Clairmont y de Larissa quedarán impunes.

Eres el diplomático del equipo, 'El guerrero de la paz', demuéstraselos.

—Tienes razón, Harry. La venganza es más peligrosa que una bala y me salvaste de ella. Gracias. Harry, en nombre de Helen y en el mío propio, y en de la paz.

¡Cuídense, no van a enfrentar seres humanos, sino demonios!

Se asomó Rodrigo, que había oído la agitación dentro de la casona:

—*También iré. Si me matan, no se perderá gran cosa, me habré mudado de la caseta de vigilancia al depósito de cadáveres. ¡Psshht! Apenas unos pocos metros...*

—*No, Rodrigo. Tú quédate aquí, Allan necesita protección. Otros hombres de Floyd pueden venir si descubren que está en esta casona. Diana podría no resistir.*

—*No te preocupes, Harry. Le dijo Henry. Allan estará entre amigos y en muy buenas manos. Lo cuidaremos Rodrigo, Sebastián y yo. Tendrán que pasar sobre nuestros cadáveres para tocarle un pelo. Los tres somos asiduos visitantes del polígono de tiro.*

—*Gracias, muchachos. No esperaba menos de ustedes.*

XLVIII

—*Sí, señor se ha comunicado usted con el despacho del ministro ¿Con quién desea hablar?* Dijo el funcionario que atendió la llamada Allan.

—*Con el señor ministro, el doctor Carlos Ignacio Gutiérrez.*

—*No creo que lo pueda atender ahora por teléfono, señor. Está en una reunión muy importante. Si quiere le dejo un mensaje y él lo llama cuando pueda. ¿Me puede dar su nombre y su teléfono?*

—*Dígale que es urgente y que quien lo llama es su amigo, el embajador Allan Rushmore. Me está buscando desde hace días.*

—*¿Usted es el embajador Rushmore?*

—*Sí, eso creo.*

Se hizo una pausa.

—*¿Allan? ¿Dónde estás? ¿Qué te hiciste o qué te hicieron? ¡Gracias a Dios que estás vivo! ¿Qué te pasó? No te imaginas cómo te hemos buscado. Siento mucho lo de la pobre Helen. Dime dónde te encuentras y te mando de inmediato una caravana de camionetas blindadas para que te traigan. Los de la ONU, los de la embajada y los del FBI me tienen loco. Hay un agente llamado*

Floyd Warren que me llama a cada rato, para saber de ti.

—Ese hombre, Floyd Warren, es quien dirige al grupo que me persigue y que intentó matarme. Él y sus hombres se hacen pasar por agentes del FBI. Asesinó a Helen, quiere provocar una nueva guerra mundial y está a punto de lograrlo. También es el asesino de Alba Clairmont y de Larissa Assad, nieta del embajador que representó a los países árabes en el tratado.

Floyd tiene secuestrada a una valiente chica llamada Diana, que trabaja para Morles. Te ruego comunicar todo eso a la embajada.

Él y sus hombres están fuertemente armados y son muy violentos y peligrosos.

—¿Floyd era un impostor? ¡No puedo creerlo! El embajador americano me llamó para que lo recibiera...

—Seguro fue una llamada falsa, Carlos Ignacio. ¡Te juro que es el asesino de Helen!

—También mataron al capitán Harry Campbell. No sabes cómo me dolió. Era uno de mis dos mejores amigos. El otro eres tú. Ahora el capitán es su hijo, el inspector Pablo Morles, el detective que resolvió el caso de la 'Mansión Belnord'. Es muy bueno y yo lo aprecio mucho, es casi como un sobrino mío, pero Harry era de mi edad, y nunca es lo mismo tratar con un joven...

—El capitán Harry está tan vivo como tú y yo, aunque en recuperación, y se fue en bata al centro de computación donde está la sede de la organización. Llámalo al teléfono de Pablo. En este momento están juntos. Hacen una magnífica llave. Pablo te dará mayor información sobre el sitio donde se encuentra el centro, yo no la tengo. Van a combatir contra un grupo de encarnizados guerrilleros de extrema izquierda y necesitarán apoyo.

—No te preocupes, lo van a tener. Me comunicaré también con el ministro de la defensa. Eso es un asunto de Estado, Allan.

—Gracias. Luego te llamaré.

—Dime: ¿De verdad Harry está vivo?

—Sí, Carlos Ignacio. Te doy mi palabra de que, por lo menos hasta hace cinco minutos estaba vivo.

—¡Mi esposa va a saltar de la alegría y abrirá una botella de champaña cuando lo sepa! No ha hecho otra cosa que llorar por Helen, por ti y por Harry.

—A mí, que no me sirva champaña, ya me dieron bastante.

XLIX

Unas dos horas antes de que Pablo explicara cómo había descubierto al asesino, el teléfono celular de Diana, había repicado.

—*Aló, ¿quién es?*

—*¿Eres Mary Wilson? Soy Fred.*

Diana estuvo a punto de decirle que había marcado un número equivocado, cuando recordó que ese era el falso nombre que había dado a Fred, el empleado del centro de computación.

—*Hola, Fred. ¡Qué agradable sorpresa! ¿Cómo estás?*

—*Ahora bien, Mary. Tú le alegras el día a cualquiera. Hablé con Raymond y se mostró interesado. Quiere conocerte.*

—*Todavía no he encontrado empleo. Iré a verlo para ver si me conviene. ¿Cuál es la mejor hora para visitarlo? Quiero decir, una hora en la que no esté 'la víbora'.*

—*Por Carlota no te preocupes, Mary, dijo Fred riendo. Cuando Raymond está por aquí, esa víbora se mete en su cueva. Raymond vendrá como a las dos de la tarde. ¿Te sirve?*

—¡Tendré que apurarme, ya casi es la hora. Aunque estoy cerca y creo que sí me dará tiempo. Allá estaré.

—Si no te gusta Raymond, vas a quedar encantada con la remuneración. Siempre paga en dólares y es muy generoso.

—Debe ser feo, Fred. Un hombre buenmozo no tiene que pagar tanto. Pero ya empieza a gustarme Raymond. Es posible que me quede. Yo también soy generosa.

—Me gustaría salir contigo una de estas noches, Mary. Esa sería mi comisión por conseguirte el trabajo. Te recomendé muy bien.

—Te la mereces. ¿También quieres clases? Soy muy buena enseñando, Fred.

Apenas, cerró el teléfono, Diana se bañó, se acicaló, perfumó, se puso el traje más corto de su vestuario, se colocó una gruesa pulsera de plástico negro que armonizaba con sus zarcillos del mismo material y color; y utilizando el "código secreto" de Pablo, le envió al detective un mensaje codificado a través de Magda: "Voy a conocer a Raymond".

L

Cuando Diana llego al centro, Fred la estaba esperando:

—Bienvenida, Mary. *¡Estás bellísima! Raymond me preguntó tu edad y le dije que tenías unos dieciocho años, o menos.*

—*¿Fuiste al registro civil para averiguar mi edad? Eres muy competente.*

—*No tuve necesidad de ir al registro. Soy un experto en mujeres bellas. Pasa. ¡Está allí!*

—Adelante, Mary.

Diana entró a la habitación. Detrás del escritorio estaba un hombre corpulento y de espaldas, hablando por teléfono.

Se volteó sin haber cerrado la comunicación para ver a la joven, y exclamó incrédulo:

—*¿Ada? ¿Qué haces aquí?*

—*¡Floyd!*

LI

—¡Agárrala, Fred! Que no escape. ¡Es una espía! No se llama Mary, sino Ada. La conozco. Debe haberme seguido.

El hasta entonces amable empleado del video-centro se transformó en una bestia. Agarró fuertemente a Diana, y le cayó a golpes.

—¡No sabes dónde te metiste! ¡Vas a correr la misma suerte que la otra!

—¿Para quién trabajas, perra?

—Para nadie, Floyd, te lo juro. Solo buscaba trabajo. Mi sueldo de camarera no me alcanza. Gritó Diana desde el suelo, llorando.

—Aquí está su bolso, Fred.

—Tampoco se llama Ada. Su verdadero nombre es Diana Rosen y tiene un carné de la policía. ¡Maldita, traidora! Apuesto que trabajas para Morles.

—No, Floyd. Solo estoy haciendo una pasantía en la policía. Soy estudiante.

—Mátala, Floyd. Nos delatará. Ha visto mucho.

—No, Floyd. ¡No me mates! Nada sé.

—Espera, Fred. Si Morles la envió, es porque descubrió que no somos del FBI. Estamos en peligro.

—Entones huyamos, Floyd. Nos llevamos a la chica como rehén. Estamos a tiempo: Dentro de poco vendrá un batallón de policías.

—No, Fred. Esto es también una guerra personal, entre Morles y yo. Él sabe que su espía está aquí, pues la envió, y vendrá por ella. Eliminaremos a dos pájaros con un solo tiro.

—Morles no vendrá solo, Floyd. Ahora es el capitán de la policía y traerá a todos sus hombres.

—Avísale a Julio, a Carlota, y a los demás que están en este centro. Llama a Carlos y a Frank, para que se vengan de inmediato. Morles ya debe estar en camino. Tenemos que estar preparados. No creo que tengan un mejor arsenal que el nuestro. Ellos son policías y nosotros expertos combatientes. Llevamos las de ganar.

—¿Vas a traerlo aquí, Floyd? ¿Estás loco? ¿Ya olvidaste cómo dispara esa Colt?

—Esta vez no tendrá tiempo de hacerlo. Carlos está solo a dos minutos de aquí. Gozará vengándose.

—¿Y si viene acompañado?

—*Ese ya no tiene a nadie, el papá murió, solo le queda un vigilante viejo y loco, un médico que solo se ocupa de muertos y un borrachito hediondo. Los vi.*

—*Pero es el nuevo jefe de la policía. Recuerda que tienen algo que llaman 'el ala móvil'.*

—*Llevarán plomo cerrado en el ala.*

LII

Los rostros de los choferes de las patrullas, cuando apareció el capitán Harry en la puerta de la morgue, eran dignos de verse.

—¿*Capitán? ¿Es usted? ¡No puedo creerlo!* —Dijo uno— *¡Asistí a su funeral y a su cremación!*

—*Sí, hijo, pero tengo una piel muy dura y el fuego nada me hizo. Sigue en dirección al este, cerca de ese parque.*

El teléfono de la patrulla repicó.

—*El ministro te llama, Harry.*

—*¡Hola, Carlos Ignacio! Es un verdadero placer hablar de nuevo contigo. ¿Cómo está tu esposa? No botes mi retrato, porque Pablo me dijo que es una muy buena fotografía y que yo aparezco con bastante cabello, muy elegante. Menos mal que el escultor todavía no ha comenzado el busto, Pablo me dijo que era carísimo. Seguramente Sandra querrá guardar el cuadro como recuerdo, pero sin la cinta negra.*

¡Mil gracias!, Carlos Ignacio, ¡Mil millones de gracias, mi fiel y buen amigo! Perdóname por estar todavía vivo, pero yo estaba en estado de coma e ignoraba que me habían incinerado.

Fueron cosas de Pablo para protegernos a Allan y a mí. Yo jamás te habría hecho eso: ¡Amigos como tú hay muy pocos!

—No te imaginas la alegría que tengo. No sé cómo explicaré eso al canciller, a la embajada y a la prensa. Hasta envié a mi viceministro a Panamá para que me representara en el acto en el cual Pablo arrojó tus cenizas al canal, con caja y todo, mientras los presentes cantaban el himno nacional. ¿No pudiste escoger un sitio más cercano? Yo habría asistido.

—Pablo fue quien escogió ese sitio. Había prometido a Magdalena llevarla un día para que viera el canal y se comprara un reloj japonés. Aprovechó mi muerte para hacer el viaje gratis y con los gastos pagados.

—Lo importante es que estás vivo, Harry. Lo demás, después veremos cómo lo arreglamos.

Me llamó Allan. Ya salieron los refuerzos. Tendrás también apoyo militar.

LIII

—Hiciste un pésimo negocio, Ada: apostaste al perdedor. Si te hubieras quedado conmigo, tendrías muchos dólares y estarías viajando por el mundo...

—¿Para terminar como Larissa?

—Veo que sabías más de lo que decías. Esa tonta solo tenía bellas piernas y un cerebro lleno de infantiles videojuegos. Era tan ingenua que creyó que me casaría con ella. ¿Casarme yo con la nieta de uno de mis más odiados enemigos? Por eso la seduje, nombrándola auxiliar de mi supuesto centro de computación.

Mi intención era enviarle la pelirroja cabeza de Larissa a su abuelo en una caja. Pero Carlota, la necia esposa de Julio, casi me echó a perder el plan con sus ridículos celos.

LIV

—¿Pero, por qué mataste a Helen? ¡Solo era una pobre ama de casa, Floyd! ¿Qué daño te hizo? Preguntó Diana tratando de ganar tiempo, pues sabía que "el ala móvil" estaba oyendo y grabando todo lo que decían, a través de un mini transmisor colocado dentro de su gruesa pulsera de plástico.

—Para ser una simple camarera, preguntas mucho. De todas maneras, de aquí jamás saldrás viva. Mi helicóptero está a punto de llegar, y probaré que soy más inteligente que ese payaso de Morles:

Nuestra idea original era colocar una bomba en el avión donde viajarían los esposos Rushmore. Pero eso lo convertiría en un mártir, y fortalecería el tratado Rushmore.

La asistente del embajador en Ginebra, Emma Weller, nos informó que había habido un cambio de planes, y que él y su esposa no regresarían juntos en el mismo avión, pues ella había decidido adelantarse para preparar su recepción. Entonces se me ocurrió que podríamos vengarnos simultáneamente de los tres embajadores plenipotenciarios.

Haríamos aparecer a Rushmore, no como un mártir, sino como el asesino de su propia esposa. ¿Quién creería en un apóstol de la paz que hubiese asesinado a su mujer?

—*Genial, pero Larissa estaba viva, ¿Era tu cómplice?* Dijo Diana, tratando de ganar más tiempo aún y confiando en que "el ala móvil" estaría retransmitiendo a Pablo toda esa información.

—*De haber colaborado, no estaría muerta. Nada sabía, pero....*

En ese momento, muy fuertes detonaciones y explosiones se escucharon afuera. Ráfagas de ametralladora, granadas de mano. Una verdadera batalla campal.

Floyd interrumpió su explicación y exclamó satisfecho:

—*¡Está llegando tu jefe, Ada! ¿Siempre ha sido así de ruidoso? Ahora verás quién es el mejor. El famoso capitán Morles caerá en mi trampa.*

¿Qué pasará con mi helicóptero? ¡Ya Frank debería haber llegado!

Desesperada, Diana seguía tratando de ganar tiempo:

—*Tu plan tuvo una falla, Floyd:*

—*¡Cállate, estúpida, traidora! ¿Sabes lo que te va a pasar? ¡Te voy a arrojar desde el helicóptero!*

Diana se hizo la que no había oído:

—¿Tu plan perfecto? Ja, ja, ja, Tiene una gran falla, cometiste un grave error: ¿Cómo bajó Larissa del avión?

—¿Esa es la falla? ¡Imbécil! Yo no me equivoco, por algo soy jefe. Eres tan tonta como esa ilusa, que vivía en su mundo virtual. Nunca supo quién realmente era yo, ni lo que estaba tramando en contra de ella y de su abuelo.

Larissa estaba ebria y solo tuve que darle otra champaña, más cargada, por supuesto. Nadie habría pensado que su cuerpo, doblado, cabría en esa maleta, de mediano tamaño.

—No me mates, Floyd. Yo no soy como Larissa.

—¡Ahora, perra traidora, vas a tomar aire fresco! Verás tu ciudad desde muy alto, y cuando vayas cayendo rápidamente, sin paracaídas, recordarás que no debiste traicionarme. Te estrellaras sobre la patrulla de Morles. Te recogerán hecha papilla.

Lástima que no podré verle la cara al payaso, cuando unos metros más adelante, se encuentre frente a frente con Carlos, quien desde hace días quiere vengarse de la herida que le hizo, y que tú le curaste mientras me espiabas. Lo está esperando con una bazuca.

—Pero ahora no tienes tu amuleto, Floyd.

—¡Aquí lo tengo! ¡Míralo! ¡Mentirosa!

Diana seguía ganando tiempo, provocando la ira de Raymond:

—*Esa no era tu moneda de la suerte, Floyd. ¡Te la robé! ¡Te la cambié por otra! ¡La boté! ¡Estás perdido!*

—*¡Maldita! ¡Pagarás bien caro, eso!* Respondió Floyd con rabia, dándole patadas en el pecho y golpes en la cara.

—*No pierdas más tiempo, Floyd, ¿No ves que solo trata de irritarte? No le sigas el juego. Se está burlando de ti. Mátala de una vez, si quieres lo hago yo, a mí me engañó primero. Matémosla y subamos a la terraza, Frank ya está llegando con el helicóptero. Tenemos que salir de aquí. Les están llegando refuerzos, nos van cercar.*

El ruido del motor del helicóptero empezó a oírse, y Diana estaba al borde de la desesperación. El ardid del amuleto le había permitido obtener algunos minutos más de vida, pero ahora tenía frente a sí a un Floyd más violento y peligroso que antes.

El helicóptero ya estaba sobre el edificio y maniobraba para estacionarse en el pequeño helipuerto. Morles todavía no había logrado entrar al edificio. Afuera la lucha entre los hombres de Pablo y los de la organización terrorista era cada vez más violenta.

Los vidrios estallaban, el piso temblaba y las sirenas de los carros de la policía, de los bomberos y de las ambulancias aullaban. Una de las explosiones fue tan fuerte que parte del friso cayó sobre Floyd y Diana.

Entonces recordó sus clases de criminalística: *Tengo que hacer que proyecte su ira a otra persona, si no, me matará ahora mismo*, pensó.

—*¡Fred quiere que me mates para que no te diga que fue él quien te delató!*

—*¿Cómo? ¿Tú también me traicionaste, maldito?*

—*¡No le creas, Raymond! Solo pretende que desconfíes de mí.*

—*¡No te miento, Floyd! ¡Soy la amante de Fred! ¡Queríamos quedarnos con tu centro de computación! ¡Él quiere que Julio sea el próximo comandante de la organización, dice que tú eres un cobarde y que ni para pilotar un avión sirves!*

—*¡Rata inmunda! ¿Estabas de acuerdo con Julio?* Exclamó Raymond fuera de sí, apuntando el arma contra Fred.

—*No le hagas caso, Floyd. Esa mujer es una cizañera. Trata de dividirnos. ¡Mátala de una vez por todas, o lo haré yo!*

Viendo que la estrategia le había funcionado, Diana continuó:

—¿Mentirosa yo? ¡Hasta Carlota, la esposa de Julio lo aprobó! ¡Dile cuánto te pagó! ¡Si me matas, nunca sabrás quiénes estábamos contra ti!

—¿Dejaste que Carlota se metiera en esto, Fred? ¿Te dejaste convencer por esa cochina celosa?

—¡Casi todos están en tu contra! Seguía gritando Diana.

—¡No le hagas caso, Floyd! ¡Esa mujer es el diablo en persona!

—¿Pero sí te acostabas conmigo cuando Floyd salía del hotel, no es así? ¿Y te burlabas de él? ¡Tú fuiste quien me dijo que le quitara su moneda de la suerte, porque sin ella Floyd estaría perdido! ¡Tú me ordenaste ponerle los micrófonos en el hotel, en el carro y en este edificio! ¡Tú me pagaste…!

Asombrado y furioso por las falsas acusaciones de Diana, Fred cometió el grave error de sacar la pistola para disparar contra ella y callarla, pero su jefe estaba iracundo, y creyó que el ataque de Fred era contra él. Disparó dos veces contra su empleado y una vez más para rematarlo, cuando cayó al suelo.

—Ya sabes lo que le pasa a quienes me traicionan. Correrás la misma o peor suerte, pero en el helicóptero tendrás que contarme todo sobre la *conspiración en mi contra, a menos que quieras prolongar tus sufrimientos.*

—*No me mates, Floyd, por favor. Te lo contaré todo, hasta lo de Carlos. Lo compraron para que te disparara-*

—*¿Carlos también está en el complot? Ese canalla asesinaría a su madre por un puñado de dólares. Sube al helicóptero y me cuentas todo.*

Como Diana estaba todavía en el suelo, la arrastró halándole por los cabellos. La terraza estaba en el piso inmediatamente superior y Diana se resistía, porque sabía lo que le esperaba al montarse en el helicóptero.

La terraza escondía un pequeño helipuerto. Y sobre ella estaba el helicóptero gris, con los motores de las hélices encendidos. La brisa producida por las grandes aspas era muy fuerte y el ruido y el polvo era tan intensos que Floyd gritaba al piloto, pero este no le oía.

Agachado para que las aspas no le pegarán, Floyd ascendió por la escalerilla de la nave, arrastrando a la joven y dándole toda clase golpes, para que no se resistiera.

Al frente de los mandos, estaba el piloto, con casco y anteojos. A su lado, dormía el copiloto.

—*¿Por qué tardaron tanto, Frank? ¡Casi me atrapan! ¿Y qué le pasa a ese idiota?*

—*Siempre se duerme cuando maneja un heli-cóptero.*

—*¡No eres Frank! ¿Quién eres?*

—*Soy el piloto que te llevará al infierno, Floyd.*

Diana aprovechó el desconcierto de Floyd para tratar de zafarse y correr fuera de la aeronave, que todavía no había despegado.

—*Firmaste tu sentencia de muerte, maldita. ¡Hasta nunca!*

Dijo Floyd apuntando su arma a la espalda de la joven. Pero sintió el frío del cañón de una enorme Colt en su sien.

—*Yo, siendo tú, lo pensaría dos veces antes de dispararle a esa indefensa y bella joven, no vaya a ser que tu cabeza vuele en mil pedazos y salpique y manche la tapicería de este helicóptero.*

Floyd reconoció la voz, se volteó, y el cañón de la Colt le quedó apretado en el centro de la frente. Detrás del arma, medio ocultos por los lentes de la mascarilla del piloto, distinguió los penetrantes y fríos ojos de Morles.

—*¿Y mi piloto?*

—*Tuvo la gentileza de cederme los mandos. Perdona el retraso, pero no sé manejar estos aparatos y me costó aterrizar.*

—No te precipites, Morles. ¡Podemos negociar! Eres un hombre práctico. Te daré todo el dinero que me pidas si me dejas escapar. Tengo millones de dólares en la caja de mi organización.

—No sabes quién soy, si me ofreces un dólar de soborno, se me encogerá el dedo del gatillo.

—Pero si ya te pagamos una vez, y lo aceptaste. Te gusta el dinero. No temas, nada diré.

—Tengo la filmación de ese supuesto soborno. Lo que ignoras, Warren, es que todo fue filmado en presencia de un juez y un fiscal del ministerio público; y que los dólares que tu lacayo me entregó, una vez fotografiados y sellados, fueron depositados por los funcionarios en la cuenta de un tribunal.

—Eso no es verdad, tenemos pruebas de que ese dinero lo repartiste entre tus hombres. Mi silencio tiene un precio.

—Cómo se ve que no eres policía. Ese dinero que repartí, era de mi propio bolsillo. Fue parte de mi nuevo sueldo de capitán. La única que puede regañarme por eso es mi esposa.

—¡Me necesitas! ¡No podrás salir vivo de aquí, Morles! Mis hombres te matarán.

—Tus hombres se rindieron. Todos están presos. Mi padre, el capitán Harry Campbell los derrotó, con apoyo del ejército. Esos sicarios se dieron cuenta de que no podrías seguirles pagando.

—Me podrás llevar preso, pero logré mi objetivo, Morles: ¡Eliminé al embajador! Por una llamada que él hizo al ministro, mis hombres se enteraron de que estaba escondido en la morgue; y envié para allá un comando.

A esta hora él, el forense y todos los de esa morgue deben estar haciendo compañía a los de las gavetas.

—Ah, ¿esa era tu carta secreta? Quiero informarte que Henry Fowler, Rodrigo y un portero ebrio, con pinta de indigente, que dice que es el excelentísimo embajador Allan Rushmore, los derrotaron cuando llegaron allá. Los hombres de tu comando fueron guardados en las gavetas del depósito, por orden de mi padre.

—¿Campbell está vivo? ¿Y el viejo borracho era Rushmore? ¡No lo creo!

—Cuida tu lenguaje, Floyd, esa no es la forma de tratar a un embajador plenipotenciario.

—Y se me olvidaba decirte, Floyd, que el caballero que se está sentado a mi lado, que se hizo el dormido mientras hablabas, sí es un jefe de verdad verdad del FBI, y ya que dices ser su empleado, te quiere llevar a su oficina, para conversar sobre algunos delitos federales, pues

Helen era también ciudadana americana. Al igual que Allan.

Cuando termines tus cuatro o cinco cadenas perpetuas allá, y después de que hayas terminado otras tantas condenas en Suiza y en Francia, pediremos tu extradición.

Será un placer verte de nuevo por aquí.

LV

Llovieron felicitaciones de la ONU y de todos los gobiernos. Los firmantes del tratado Rushmore declararon que el incidente, en lugar de perjudicar la vigencia y la aplicación de ese convenio internacional, había probado la necesidad de mantenerlo y de aumentar sus esfuerzos para garantizar la paz mundial.

Los titulares de los noticieros dieron la noticia de la aparición del embajador y elogiaron la inteligente estrategia trazada por el ministro Gutiérrez y el heroico capitán Harry Campbell para esconderlo de sus enemigos. Alguien recordó la participación del inspector Morles en el caso Mansión Belnord.

Las fotos del embajador "antes" y "después" del secuestro, la de Pablo al lado del helicóptero, las del capitán Harry en bata y con una ametralladora en la mano, abrazando a su esposa; y la de Diana, llena de moretones y vendas, destacaban en todos los diarios y videos.

La agente Diana fue premiada por el ministro Gutiérrez. Batió un récord mundial por haber sido condecorada con la más alta distinción al valor antes de cumplir un mes en su trabajo.

Los integrantes del "ala móvil" recibieron también condecoraciones, reconocimientos y bonos por su eficiente labor. Felipe recibió un premio adicional: el corazón de la bella Diana, lunar en forma de estrella incluido.

En todo el mundo se celebraron actos en memoria de Helen de Rushmore, Alba Clairmont y Larissa Assad, pues fueron consideradas mártires de la paz.

La prensa informó que las cenizas de Helen de Rushmore habían sido enterradas en una ceremonia religiosa privada, a la cual únicamente asistieron el embajador Allan Rushmore, su hija Rose, su yerno y su nieto; así como el capitán Harry Campbell, la señora Sandra de Campbell, el inspector Pablo Morles, la señora Magdalena de Morles, el doctor Henry Fowler, el subinspector Felipe Maita y la agente Diana Carolina Rosen.

Al enterarse de que la prensa internacional quería visitar y fotografiar el sitio donde se había escondido el embajador, el Gobierno envió a la morgue de Henry una brigada de albañiles, pintores, herreros, electricistas y carpinteros que trabajaron día y noche durante más de quince días; y la dotó con los más modernos equipos e instrumentos.

Cuando los periodistas extranjeros ingresaron a la casona, se quedaron maravillados de la limpieza y orden de la morgue, y exigieron a sus respectivos gobiernos que enviaran técnicos para copiarla.

La morgue se convirtió en un atractivo turístico: Los visitantes hacen largas colas para retratarse con Rodrigo, o acostados en la misma mesa de granito (ahora limpia, reluciente y pulida) donde durmió el embajador.

LVI

A los pocos días, el capitán Harry llamó a Pablo.

—*Hijo, perdona que te llame a estas horas de la madrugada, pero tenemos otro caso. ¡Vístete que te pasaré buscando en diez minutos...! Dile a Magdalena que me disculpe otra vez...*

—*¿En diez minutos, Harry? OK, te espero frente a la casita rosada.*

—*¿Cuál casita rosada, Pablo?*

—*Me refiero a la casita rosada, con una cerca de troncos de madera, que arriba de la puerta tiene un retrato con un conejo: la casita donde funciona el cabaret 'Au lapin agile', en Montmartre, París.*

—*¿En París? ¿Y qué haces allí, hijo?*

—*Invité a Magda a gastarnos lo que me quedaba de tu sueldo de capitán, Harry.*

Obras del mismo autor:

Cuentos

El postre de Dios

El sensual cuerpo de Cristina

La increíble historia de miss Ester

El misterio de la calle 14

Amor guarimbero

Cuando Bolívar entrevistó a Chungapoma...

La serpiente de plata

El mejor economista

7 cuentos fugaces

La Princesa

La cruz y el alcalde

3 cuentos de Navidad

El fantástico bote azul

Cuento traducido al inglés

The dessert of God

Novelas

Amarte en Marte

Mansión Belnord (Colección detective Morles)

La dama del avión (Colección detective Morles)

Balas y flores en el fango (Colección detective Morles)

La boda de Klaus (Colección detective Morles)

Cuando la Muerte quiso ser bella (Colección detective Morles)

El secreto del señor Black (Colección detective Morles)

La Muerte aprendió a volar (Colección detective Morles)

Biografía

Don Juan de Guruceaga, el pionero de las artes gráficas en Venezuela

Made in United States
Troutdale, OR
12/07/2023

15447764R00156